中华好诗词

入骨相思知不知

陈　旭　编著

中国文史出版社

前言

　　爱情，是人与人之间强烈的依恋、亲近、向往和专一的情感。爱情是一个美丽的字眼，它绚丽浪漫，甜蜜温馨。爱情是一片闪烁的星空，它浩瀚深邃，奥妙神秘。爱情是一个永恒的主题，它演绎人生，有的轰轰烈烈，有的催人泪下，伴随着生命的终结。爱情是滚滚红尘中不衰的话题，人间每天都在上演着爱情的悲欢离合。

　　诗词，是以古体诗、近体诗和格律词为代表的中国传统诗歌。诗词是语言的精粹，以精粹的语言抒写爱情，给心灵放电，让感情共鸣，令人窒息，却又无法抗拒。

　　爱情诗词，是通过诗词的形式表达对所爱之人的渴盼、喜悦、焦灼、痛苦。从古至今，无数文人墨客无不对爱情推崇有加，创作了无数经典的爱情诗词，留下了许多感人的爱情故事。这些经典爱情诗词值得我们欣赏，值得我们传承。多少爱恨情仇，多少生死离别，多少酸甜苦辣，多少喜怒哀乐，都让我们刻骨铭心，念念不忘。爱情诗词，是中国文学中一朵独艳的奇葩。

　　中国是一个诗词的国度，一大批优秀的诗人、词人创作了数百万首诗词，其特有的艺术魅力，感染了一代又一代中国人。但是，随着时代的快速发展，生活节奏的不断加快，传播技术的提高，阅读习惯的改变，人们很难静下心，在诗词海洋中品读那些深奥繁多的古典诗词。为适应现代读者快速阅读、分类阅读的需求，《中华好诗词》系列图书，按照内容进行分类，并以最简洁、最通俗的语言进行解析，让读者在最短时间内，欣赏到不同类别的诗词。

《入骨相思知不知》，是一本古典爱情诗词选集，以爱情为主线，在数百万首诗词中，精挑细选出一百余首描写爱情的名篇佳作，横跨千年，共分六个篇章，包括：诗经篇、楚辞篇、汉魏篇、唐诗篇、宋词篇、元曲篇。在一本书中，可以欣赏到中国不同时期的诗词风格：诗经的"古朴、纯真"，楚辞的"雄壮、粗犷"，汉赋的"华丽、浪漫"，唐诗的"豪迈、雄壮"，宋词的"婉约、清新"，元曲的"大胆、直白"……本书以平民化的视角、大众化的语言、通俗化的赏析，让更多的人能够理解和欣赏中国诗词文化和爱情文化的精髓。打开《入骨相思知不知》，读到的是华美惊艳的诗词，翻阅的是迷离曲折的心事。隔着遥远的时空，我们在这里相逢，恍然如梦。

千古诗词千古情，千年等候千年心。《入骨相思知不知》，也是一本爱情故事集，这里有描写司马相如与卓文君爱情传奇的《凤求凰》，有抒发唐玄宗与杨贵妃缠绵情事的《长恨歌》，有记录陆游与唐婉爱情悲剧的《钗头凤》……这也是一幅幅生动的爱情画卷，有相见的欢乐，有相爱的甜蜜，有相守的忠贞，有相知的默契，有约会的喜悦，有失恋的烦躁，有追忆的美好，有离别的悲伤，有背叛的痛苦，只要我们曾经体验过的情感，都能在这本书中找到共鸣。

这是一个特别需要人文关怀的时代，也是一个爱情缺失的时代，更是一个中国古典文化急需传承和传播的时代。《中华好诗词》是一盏指路明灯，照亮我们情感的最深处，让浮躁的心灵回归安宁，让麻木的神经回归清醒，不断传播正能量，渗透灵魂，带来感动，带来活力，重新点燃我们生活的激情。

目　录

诗 经 篇

楚 辞 篇

汉 魏 篇

唐 诗 篇

宋 词 篇

元 曲 篇

诗经篇

　　《诗经》是中国汉文学史上最早的诗歌总集，是我国现实主义诗歌的源头，收入西周初年至春秋中叶大约五百多年的诗歌。

　　《诗经》现存三百零五篇，分为《风》《雅》《颂》三个部分。《风》有十五国风，出自各地的民歌，这一部分文学成就最高，有对爱情、劳动等美好事物的歌唱，也有怀故土、思征人及反压迫、反欺凌的怨叹与愤怒。《雅》分《大雅》《小雅》，多为贵族祭祀的诗歌，祈丰年，颂祖德。《颂》则为宗庙祭祀的诗歌。《雅》《颂》中的诗歌，对于考察早期历史、宗教与社会发展有很大价值。

　　孔子曾概括《诗经》的宗旨为"无邪"，并教育弟子、孩子读《诗经》，作为立言、立行的标准。先秦诸子中，引用《诗经》者颇多，如孟子、荀子、墨子、庄子、韩非子等人，在说理论证时，经常引述《诗经》中的句子以增强说服力。后来，《诗经》被儒家奉为经典，成为"五经"（包括《诗》《书》《礼》《易》《春秋》）之一。

　　在《诗经》三百多篇诗歌中，本书精选了《国风·周南·关雎》《国风·秦风·蒹葭》《国风·召南·摽有梅》等经典篇目，供大家欣赏传诵。

国风·周南·关雎

关关雎鸠，在河之洲。窈窕淑女，君子好逑。
参差荇菜，左右流之；窈窕淑女，寤寐求之。
求之不得，寤寐思服；悠哉悠哉，辗转反侧。
参差荇菜，左右采之；窈窕淑女，琴瑟友之。
参差荇菜，左右芼之；窈窕淑女，钟鼓乐之。

赏析：

　　《关雎》在中国文学史上有着特殊的位置，它是《诗经》的第一篇，而《诗经》又是中国文学史上最古老的典籍，也是我国爱情诗之祖。"窈窕淑女，君子好逑"是本诗的经典名句，成为讴歌爱情的千古绝唱。

　　全诗大意：雎鸠关关在歌唱，在那河中沙洲上。文静、漂亮的姑娘，小伙子一见到就心生爱慕，作为理想的伴侣主动追求。参差不齐的荇菜，顺流两边去捞取。文静、漂亮的姑娘，小伙子朝思暮想难入眠。追求没能随心愿，日日夜夜挂心头。长夜漫漫没尽头，翻来覆去难入睡。参差不齐的荇菜，左右两手去采摘。文静、漂亮的姑娘，吸引着小伙子的目光，小伙子用弹琴鼓瑟来表达爱慕。参差不齐的荇菜，两边仔细去挑选。文静、漂亮的姑娘，吸引小伙子的心房，小伙子用钟声，来换取她的笑颜。

　　这首诗写一位男子对淑女的思念和追求过程，朴实而直接，没有矫情的掩藏。对美丽女子自然流露的渴慕，求之不得的淡淡焦虑，求而得之的喜不自禁，每一个人都可以在这首诗中找到自己的影子。

国风·秦风·蒹葭

蒹葭苍苍，白露为霜。所谓伊人，在水一方。
溯洄从之，道阻且长。溯游从之，宛在水中央。
蒹葭萋萋，白露未晞。所谓伊人，在水之湄。
溯洄从之，道阻且跻。溯游从之，宛在水中坻。
蒹葭采采，白露未已。所谓伊人，在水之涘。
溯洄从之，道阻且右。溯游从之，宛在水中沚。

赏析：

　　"所谓伊人，在水一方"是这首诗的名句，意境非常优美，展现了追寻爱情的艰难和渺茫，诗人上下求索，而伊人虽隐约可见，却遥不可及。

　　全诗大意：河边芦苇青苍苍，深秋露水结成霜。我心爱的人，你在何方？逆着流水去找她，道路险阻又太长。顺着流水去找她，仿佛在那水中央。河边芦苇繁又密，清晨露水未曾干。我心爱的人，你在何处？就在河岸那一边。逆着流水去找她，道路险阻攀登难。顺着流水去找她，仿佛就在水中滩。河边芦苇密又稠，早晨露水未全干。我心爱的人，你在何处？就在水边那一头。逆着流水去找她，道路险阻曲难求。顺着流水去找她，仿佛就在水中洲。

　　不怕路远，就怕情短。只要真心相爱，不怕道路险又长，是这首诗的真情表白。

国风·邶风·静女

静女其姝，俟我于城隅。爱而不见，搔首踟蹰。
静女其娈，贻我彤管。彤管有炜，说怿女美。
自牧归荑，洵美且异。匪女之为美，美人之贻。

赏析：

　　"爱而不见，搔首踟蹰"是这首诗的点睛之笔，通过平实的动作描写，生动刻画了姑娘的俏皮和小伙子的憨厚，栩栩如生地塑造出一位爱慕至深、如痴如醉的情人形象，传神地展现了一对恋人初会时的情趣。

　　全诗大意：娴静的姑娘，多么美丽，相约在城的角楼等我。她隐藏起来不让我看见，急得我挠着头来回走。娴静的姑娘，多么美好，送我一支红色的笛管。红色的笛管色泽鲜艳，漂亮的笛管真让我喜爱。姑娘从郊野采来荑草，作为信物送我，真是美好又新奇。并不是荑草有多好，而是因为美人所赠。

　　《静女》描写了青年男女相爱、约会、赠送情物的整个过程。全诗共三章，每章四句，把诗人和静女约会于城隅，以及静女"爱而不见"的逗趣和诗人得到赠物时的喜悦情形生动地描绘了出来。

国风·郑风·子衿

青青子衿，悠悠我心。纵我不往，子宁不嗣音！
青青子佩，悠悠我思。纵我不往，子宁不来！
挑兮达兮，在城阙兮。一日不见，如三月兮！

赏析：

这首诗描写一位女子思念恋人的情景，是中国文学史上描写相思之情的经典之作，其中"一日不见，如三月兮"更是千古名句。

全诗大意：青青的，是你的衣领；悠悠的，是我的思念。纵然我不去约会你，难道你就和我断了音信吗？青青的，是你的佩带；悠悠的，是我的情怀。纵然我不去约会你，难道你就不能主动来看我吗？寻寻觅觅，在这高高的城楼上。一天不见你的面，好像已有三个月的时间那么长！

全诗共三章，采用倒叙手法。前两章以"我"的口气自述怀人。"青青子衿""青青子佩"，是用恋人的衣饰来怀念他，念念不忘恋人的衣饰，可见其相思之深。如今受阻不能前去赴约，只好等心上人过来相会，可是望穿秋水，却不见踪影，浓浓的爱意转化为淡淡的惆怅与幽怨。第三章写在城楼上久候恋人不至，而心烦意乱，步履徘徊，虽然只有一天没见面，却好像分别了三个月一样漫长。

国风·卫风·木瓜

投我以木瓜，报之以琼琚。
匪报也，永以为好也！
投我以木桃，报之以琼瑶。
匪报也，永以为好也！
投我以木李，报之以琼玖。
匪报也，永以为好也！

赏析：

这是一首流传很广的爱情诗，其中"投我以木瓜，报之以琼琚"为经典名句。这是情感上的心心相印，是精神上的高度契合，回赠的东西和价值高低只具有象征意义，但却体现了对情意的珍视。

全诗大意：你将木瓜投赠我，我拿琼琚作回报。不是为了答谢你，珍惜情意永相好。你将木桃投赠我，我拿琼瑶作回报。不是为了答谢你，珍惜情意永相好。你将木李投赠我，我拿琼玖作回报。不是为了答谢你，珍惜情意永相好。

国风·王风·采葛

彼采葛兮，一日不见，如三月兮。
彼采萧兮，一日不见，如三秋兮。
彼采艾兮，一日不见，如三岁兮。

赏析：

　　"一日不见，如三秋兮"，寥寥几字，却被中国人传承了几千年，这是"简约而不简单"的诗句，把怀念情人的强烈情感生动地展现了出来，仿佛触摸到诗人激烈跳动的脉搏，听到诗人发自心底的呼唤。

　　全诗大意：那个采葛的姑娘啊，一日不见她，好像三个月那么长啊。那个采萧的姑娘啊，一日不见她，好像三个秋天那么长啊。那个采艾的姑娘啊，一日不见她，好像三个年头那么长啊。

　　对于热恋中的情人，分离是极大的痛苦，哪怕是短暂的分离，在情人的心里，也是漫长的难熬岁月，是无比深切而热烈的思念。

国风·召南·摽有梅

摽有梅，其实七兮。求我庶士，迨其吉兮。
摽有梅，其实三兮。求我庶士，迨其今兮。
摽有梅，顷筐塈之。求我庶士，迨其谓之。

赏析：

　　《摽有梅》作为春思求爱的诗祖，其重要意义在于构建了一种抒情模式：以花木盛衰比喻青春爱情易逝，强调追求爱情要乘早及时。

　　全诗大意：梅子纷纷落地，树上还留七成。有心求我的小伙子，请不要耽误良辰。梅子纷纷落地，枝头只剩三成。有心求我的小伙子，到今儿切莫再等。梅子纷纷落地，收拾要用簸箕。有心求我的小伙子，快开口，莫再迟疑。

　　爱情是人类最自然的一种情感，男人和女人都一样钟于爱情。这首诗写出了一位女性内心深处对爱情的追求。

楚辞篇

楚辞又称"楚词"，是战国时期大诗人屈原创造的一种诗体。作品运用楚地（今湖南、湖北一带）的文学样式、方言声韵，描写楚地的山川人物、历史风情，具有浓厚的地方特色。汉代时，刘向把屈原及宋玉等人的作品编辑成集，名为《楚辞》。成为继《诗经》以后，对中国文学具有深远影响的一部诗歌总集，也是中国文学史上第一部浪漫主义诗歌总集。

《楚辞》中除了收录屈原、宋玉等人的作品外，还有唐勒和景差的作品，但唐勒和景差的作品大多数没有流传下来。屈原创作了《离骚》《九歌》《九章》《天问》等不朽的佳作。

《楚辞》中有关爱情的名篇不多，本书选取了《九歌·湘君》《九歌·湘夫人》等经典篇目，供人家欣赏传诵。

九歌·少司命

屈　原

秋兰兮蘼芜，罗生兮堂下。

绿叶兮素华，芳菲菲兮袭予。

夫人自有兮美子，荪何以兮愁苦？

秋兰兮青青，绿叶兮紫茎。

满堂兮美人，忽独与余兮目成。

入不言兮出不辞，乘回风兮载云旗。

悲莫悲兮生别离，乐莫乐兮新相知。

荷衣兮蕙带，儵而来兮忽而逝。

夕宿兮帝郊，君谁须兮云之际？

与女沐兮咸池，晞女发兮阳之阿。

望美人兮未来，临风悦兮浩歌。

孔盖兮翠旍，登九天兮抚彗星。

竦长剑兮拥幼艾，荪独宜兮为民正。

作者简介：

　　屈原，名平，字原，战国时期楚国人，任三闾大夫、左徒，伟大的爱国诗人。他主张对内举贤能、修法度，对外力主联齐抗秦。后因遭贵族排挤，被流放沅、湘流域。忧国忧民的屈原在长沙附近汨罗江怀石自杀，据说端午节就是他的忌日。他写了许多不朽诗篇，成为中国浪漫主义诗歌的奠基者，在楚国民歌的基础上创造了新的诗歌体裁——"楚辞"，对后代诗歌创作产生了积极影响。

赏析：

少司命传说是主管人间子嗣生育的神，是一位年轻美貌的女神，因为主管儿童，所以称作"少司命"。这是一首祭祀少司命的歌舞辞，采用自白的方式展示内心世界，诗人用对方眼中的人物形象，变换角度，内外结合，互相映衬，抒发爱情。

全诗大意：秋天的兰草和蘼芜，遍布在堂下的庭院中。嫩绿的叶子夹着洁白的小花，香气扑鼻。人们自有好儿女，你为什么忧心忡忡？一片片秋兰，青翠茂盛，嫩绿的叶片中，伸出着花的紫茎。满堂都是美人，忽然间都与我致意传情。我来时无语，去时也不告辞，驾起旋风，树起云帜。悲伤莫过于离别，快乐莫过新结了好相识。穿起荷花衣，系上蕙草带，我匆匆而来，又匆匆远离。日暮时在天帝的郊野住宿，你在等待谁？久久停留在云端。和你到日浴之地洗头，在日出的地方把头发晾干。远望美人，你仍然没有来到，我迎风高唱，精神恍惚。用孔雀的翎毛制成车盖，用翠鸟的羽毛装饰旌旗，和你一起飞到九天。一手紧握长剑，一手横抱儿童，只有你最适合主持公正。

九歌·湘君

屈　原

君不行兮夷犹，蹇谁留兮中洲？

美要眇兮宜修，沛吾乘兮桂舟。

令沅湘兮无波，使江水兮安流。

望夫君兮未来，吹参差兮谁思？

驾飞龙兮北征，邅吾道兮洞庭。

薜荔柏兮蕙绸，荪桡兮兰旌。

望涔阳兮极浦，横大江兮扬灵。

扬灵兮未极，女婵媛兮为余太息。

横流涕兮潺湲，隐思君兮陫侧。

桂櫂兮兰枻，斲冰兮积雪。

采薜荔兮水中，搴芙蓉兮木末。

心不同兮媒劳，恩不甚兮轻绝。

石濑兮浅浅，飞龙兮翩翩。

交不忠兮怨长，期不信兮告余以不闲。

朝骋骛兮江皋，夕弭节兮北渚。

鸟次兮屋上，水周兮堂下。

捐余玦兮江中，遗余佩兮醴浦。

采芳洲兮杜若，将以遗兮下女。

时不可兮再得，聊逍遥兮容与。

赏析：

　　这是一篇祭湘君的诗歌，以湘夫人的语气写出，表达了她对湘君的思念。在屈原根据楚地民间祭神传统创作而成的《九歌》中，《湘君》和《湘夫人》是两首最富生活情趣和浪漫色彩的诗歌，可以欣赏到独特的南国风情和艺术魅力。这首《湘君》描写了湘夫人因湘君没有前来赴约而产生的失望、怀疑、哀伤、埋怨的复杂感情，展现了一幅望断秋水的思人图。

　　全诗大意：你犹豫不走，是为谁停留在水中的沙洲？为了你，我打扮好美丽的容颜，在急流中驾起桂舟。下令沅湘风平浪静，让江水缓缓而流。我盼望着你，你却没来，吹起排箫，为谁思情悠悠？我驾起龙船向北远行，转道去了优美的洞庭湖。用薜荔作帘，用蕙草作帐，用香荪为桨，用木兰为旌，眺望遥远的水边，大江也挡不住我飞扬的心灵。飞扬的心灵，无处安止，多情的侍女，为我发出叹息。眼泪纵横，滚滚而下，想起你啊，悱恻伤神。用玉桂制长桨，用木兰作短楫，划开水波，似凿冰堆雪。想在水中把薜荔摘取，想在树梢把荷花采撷。两心不相同，空劳有心人，相爱不深，情易断绝。清水在石滩上流淌，龙船掠过水面轻盈快捷。不忠诚的交往，使怨恨深长，不守信诺，却说没有时间赴约。早晨在江边匆匆赶路，傍晚把车停靠在北岸。鸟儿栖息在屋檐之上，水儿回旋在华堂之前。我把玉环抛向江中，我把佩饰留在水畔。在流芳的沙洲采来杜若，把它送给陪伴的侍女。流失的时光，不能复得，放慢脚步，逍遥盘桓。

九歌·湘夫人

屈　原

帝子降兮北渚，目眇眇兮愁予。

袅袅兮秋风，洞庭波兮木叶下。

登白薠兮骋望，与佳期兮夕张。

鸟何萃兮苹中，罾何为兮木上？

沅有芷兮澧有兰，思公子兮未敢言。

荒忽兮远望，观流水兮潺湲。

麋何食兮庭中？蛟何为兮水裔？

朝驰余马兮江皋，夕济兮西澨。

闻佳人兮召予，将腾驾兮偕逝。

筑室兮水中，葺之兮荷盖。

荪壁兮紫坛，播芳椒兮成堂。

桂栋兮兰橑，辛夷楣兮药房。

罔薜荔兮为帷，擗蕙櫋兮既张。

白玉兮为镇，疏石兰兮为芳。

芷葺兮荷屋，缭之兮杜衡。

合百草兮实庭，建芳馨兮庑门。

九嶷缤兮并迎，灵之来兮如云。

捐余袂兮江中，遗余褋兮澧浦。

搴汀洲兮杜若，将以遗兮远者。

时不可兮骤得，聊逍遥兮容与。

赏析：

这是祭祀湘水女神的诗歌，《湘夫人》和《湘君》是姊妹篇。全篇以湘君思念湘夫人的语调，描写了那种祈之不来、盼而不见的惆怅心情。楚国民间文艺，有着浓厚的宗教气息。诗人以神为写作对象，寄托的却是人间真情。这首诗以等人约会没来为线索，在思念中表达了深长的哀怨，但彼此之间的爱情却始终不渝。

全诗大意：你降临在北洲之上，我已忧愁满怀，望眼欲穿。凉爽的秋风阵阵，洞庭湖波浪汹涌，树叶飘零。踩着白蘋纵目四望，与佳人相约在晚上。为何鸟儿聚集在水草间？为何渔网悬挂在大树旁？沅水有白芷，澧水有幽兰，想念你，却不敢明言。放眼望去，一片空阔苍茫，只见清澈的流水潺潺。为何山林中的麋鹿觅食于庭院？为何深渊里的蛟龙搁浅水边？早晨我骑马在江边奔驰，傍晚渡水到了西岸。好像听到美人把我召唤，多想立刻驾车与她一起向前。在水中建一座别致的宫殿，上面用荷叶覆盖遮掩，用香荪抹墙，用紫贝装饰庭院，四壁撒满香椒啊用来装饰厅堂。用玉桂作梁，用木兰为椽，用辛夷制成门楣，用白芷点缀房间。编织薜荔做个帐子，剖开蕙草做成帐顶。拿来白玉镇压坐席，摆开石兰让它芳香四散。白芷修葺的荷叶屋顶，用杜衡草缠绕四边。汇集百草，摆满整个庭院，让门廊之间香气弥漫。九嶷山的众神一起相迎，簇簇拥拥，像云一样。把我的衣袖，投入湘江之中。把我的单衣，留在澧水之滨。在水中的绿洲采来杜若，把它送给远方的恋人。美好的时光难以得到，我姑且悠闲自得地徘徊游逛。

九歌·山鬼

屈 原

若有人兮山之阿，被薜荔兮带女萝。
既含睇兮又宜笑，子慕予兮善窈窕。
乘赤豹兮从文狸，辛夷车兮结桂旗。
被石兰兮带杜衡，折芳馨兮遗所思。
余处幽篁兮终不见天，路险难兮独后来。
表独立兮山之上，云容容兮而在下。
杳冥冥兮羌昼晦，东风飘兮神灵雨。
留灵修兮憺忘归，岁既晏兮孰华予。
采三秀兮于山间，石磊磊兮葛蔓蔓。
怨公子兮怅忘归，君思我兮不得闲。
山中人兮芳杜若，饮石泉兮荫松柏。
君思我兮然疑作。
雷填填兮雨冥冥，猿啾啾兮狖夜鸣。
风飒飒兮木萧萧，思公子兮徒离忧。

赏析：

这是一首祭祀山鬼的诗歌，写一位多情的女山鬼，在山中采取灵芝和约会恋人的情景。

全诗大意：仿佛有人经过山隈，是我身披薜荔，腰束女萝，含情脉脉，嫣然一笑，容貌姣好，你会羡慕我的姿态婀娜。驾着赤豹，后面紧跟文狸，用辛夷为车，用桂花饰旗，披着石兰，结着杜衡，折枝鲜花，聊寄相思。竹林深处，暗无天日，道路险峻。我孤身一人，伫立山巅，云海茫茫，浮云卷舒。山色幽暗，白昼如夜，东风狂舞，神灵降雨。我痴情地等你，忘却归去，红颜容易凋谢，怎能永葆花季？我在山间采撷益寿的灵芝，岩石磊磊，葛藤四处缠绕。惆怅茫然，忘却归去。你想念我吗，难道没空来？你就像杜若般芳洁，口饮石泉，头顶松柏。你想念我吗，是真是假？雷声滚滚，细雨蒙蒙，猿鸣啾啾，夜色沉沉。风声飒飒，落木萧萧，思念你呀，我徒然横生烦恼。

汉魏篇

汉赋是汉魏时期比较重要的文学样式，是继《诗经》《楚辞》之后，在中国文坛上兴起的一种新文体，是一种有韵的散文，特点是散韵结合，专事铺叙。

从赋的形式上看，在于"铺采摘文"。从赋的内容上说，侧重"体物写志"。汉赋的内容主要有五类：一是渲染宫殿城市；二是描写帝王游猎；三是叙述旅行经历；四是抒情；五是杂谈禽兽草木。赋是汉代最流行的文体，盛极一时。

汉赋分为骚体赋、大赋、小赋。骚体赋的代表作为贾谊的《吊屈原赋》《鹏鸟赋》，它受屈原的影响，保留着加"兮"的传统。大赋气势磅礴，语汇华丽，贾谊、司马相如、班固、张衡等是大赋的行家。小赋扬弃了大赋篇幅冗长、辞藻堆砌的缺陷，篇幅较小，文采清丽，赵壹、蔡邕、祢衡等是小赋的高手。

汉赋在流传过程中多有散佚，现存作品包括某些残篇在内，共二百多篇，分别收录在《史记》《汉书》《后汉书》中。

汉魏时期的作品，本书精选了《凤求凰》《白头吟》《青衣赋》三篇，供大家欣赏传诵。

凤 求 凰

司马相如

有一美人兮，见之不忘。
一日不见兮，思之如狂。
凤飞翱翔兮，四海求凰。
无奈佳人兮，不在东墙。
将琴代语兮，聊写衷肠。
何日见许兮，慰我彷徨。
愿言配德兮，携手相将。
不得於飞兮，使我沦亡。

作者简介：

　　司马相如，字长卿，巴郡安汉县人。西汉辞赋家、文学家、政治家，汉代文学史上杰出的代表，景帝时为武骑常侍，因病免。工辞赋，作品词藻华丽，结构宏大，后人称之为"赋圣"，代表作品为《子虚赋》。他与卓文君的爱情故事至今还广为流传。

赏析：

　　传说这是汉代文学家司马相如的一首古琴曲，演绎了司马相如与卓文君的爱情故事。司马相如自喻为凤，比文君为凰。凤凰是传说中的神鸟，雄曰凤，雌曰凰。以"凤求凰"为通体比兴，不仅包含了热烈的求爱之情，也象征男女主人公非凡的理想、情趣的高尚、知音的默契等丰富的意蕴。全赋言浅意深，热烈奔放，情意缠绵。

　　全赋大意：有位俊秀的美女，我一见她的容貌，就难以忘怀。一日不见，心中的牵挂就像要发狂一般。我就像那在空中回旋高飞的凤鸟，在四海之处寻觅凰鸟。可惜那美人不在邻近的东墙。我以琴声代替心中的企盼，表达我的思念。你何时能允诺婚事，安慰我徘徊的心情。希望我的德行能够与你相配，携手同在一起。如果不能与你比翼双飞，百年好合，这样的伤情结果，会让我深陷愁情而亡。

白头吟

卓文君

皑如山上雪，皎若云间月。

闻君有两意，故来相决绝。

今日斗酒会，明旦沟水头。

蹀躞御沟上，沟水东西流。

凄凄复凄凄，嫁娶不须啼。

愿得一心人，白头不相离。

竹竿何袅袅，鱼尾何簁簁。

男儿重意气，何用钱刀为。

作者简介：

　　卓文君，汉代才女，原名文后，西汉临邛（今四川邛崃）人，司马相如之妻。卓文君与司马相如的一段爱情佳话，至今还被人津津乐道。卓文君有不少佳作流传后世，以"愿得一心人，白头不相离"最为经典。

赏析：

《白头吟》是汉乐府《楚调曲》调名。这首赋源自司马相如与卓文君的故事。汉武帝时，司马相如以一篇《上林赋》得宠，封郎官，春风得意，欲纳茂陵女为妾，卓文君无法忍受，写下了这篇流传千古的名赋。卓文君哀怨的《白头吟》，使司马相如非常感动，想起往昔的恩爱，打消了纳妾的念头。

全赋大意：爱情应该像山上的白雪一样纯洁，像云间的月亮一样光明。听说你怀有二心，所以前来与你决裂。今日就是最后的聚会，明日便将分手沟头。我缓缓地移动脚步，沿沟走去，只觉得你我宛如沟水，永远各奔东西。当初我毅然离家随你远走他乡，没有像一般女孩那样凄凄啼哭。我满以为嫁了个爱情专一的如意郎君，可以白头到老。如果男女情投意合，就应该像钓竿那样轻细柔长，像鱼儿那样首尾相连。男子汉应当以感情为重，如果失去了真挚的爱情，任何钱财珍宝都无法补偿。

青 衣 赋

蔡 邕

金生沙砾，珠出蚌泥。叹兹窈窕，生于卑微。盼倩淑丽，皓齿蛾眉。玄发光润，领如蝤蛴。纵横接发，叶如低葵。修长冉冉，硕人其颀。绮绣丹裳，蹑蹈丝扉。盘跚蹰蹀，坐起昂低。和畅善笑，动扬朱唇。都冶武媚，卓砾多姿。精慧小心，趋事若飞。中馈裁割，莫能双追。《关雎》之洁，不陷邪非。察其所履，世之鲜希。宜作夫人，为众女师。伊何尔命，在此贱微！

代无樊姬，楚庄晋妃。感昔郑季，平阳是私。故因锡国，历尔邦畿。虽得嬿婉，舒写情怀。寒雪翩翩，充庭盈阶。兼裳累镇，展转倒颓。吻昕将曙，鸡鸣相催。饬驾趣严，将舍尔乖。蒙冒蒙冒，思不可排。停停沟侧，嗷嗷青衣。我思远逝，尔思来追。明月昭昭，当我户扉。条风狎猎，吹予床帷。河上逍遥，徙倚庭阶。南瞻井柳，仰察斗机。非彼牛女，隔于河维。思尔念尔，怒焉且饥。

作者简介：

　　蔡邕，字伯喈，东汉时期文学家、书法家，著名才女蔡文姬之父。因官至左中郎将，故后人称他为"蔡中郎"。参与续写《东观汉纪》，迁任议郎，刻印熹平石经，屡次对时政提出意见，因而被宦官所诬陷，流放至朔方。生平喜藏书，多至万余卷，晚年将所藏之书载数车悉数赠给王粲，还有四千卷。《隋书·经籍志》著录有集二十卷，早佚，后人辑有《蔡中郎集》。

赏析：

《青衣赋》不同于传统的《神女赋》《美人赋》等作品，而是具有明显的写实成分，是作者亲身经历的一段爱情生活的记录，这是汉赋历史上第一篇直接描写男女爱情的作品。《青衣赋》的产生，显示出汉赋由雅入俗的发展变化，典型地反映出乐府曲辞对赋的影响，是赋的诗化倾向的重要标志。《青衣赋》不仅是蔡邕赋作中最富创造性的作品，也是汉末抒情小赋中最具代表的作品之一。

《青衣赋》表现了日常生活中的情感，带有一定的游戏趣味。此赋写奴婢的美貌和对她的思慕，是汉代从未有过的题材。可以说，这种题材的出现，反映了东汉末年道德制约的松弛和艺术表现趋向自由。这首赋主要描写了恋爱之人，在月光皎洁的晚上，因思念而夜不成寐，在庭院中往返徘徊的情形，意境非常优美。

全赋大意：黄金产生于沙砾，珍珠产生于淤泥中的河蚌。感叹这一位窈窕淑女，她的出身却如此卑微。她的眼睛在流转时尽显淑婉美丽，她有着洁白的牙齿和细长的蛾眉。她的黑发光泽润丽，她的脖子像蝤蛴一样白嫩。她的头发纵横编织在一起，就像低矮的葵花叶子一样。她的身材修长多姿，竟是如此高挑美丽。她穿着绮丽的上衣、红色的裙子，脚下是白丝一样的鞋袜。行走停顿之时步履蹒跚，坐下起立之时低昂不俗。她性情温和，善于谈笑，向人们展示她的红唇。她是如此妩媚多姿，卓而不群。她绣口慧心，处事果断。无论是裁缝女工还是厨中宰割，都没有人能和她媲美。她有着《关雎》所颂扬的贞洁，不会陷入于邪恶是非之中。观察她的所作所为，世上很少有人能和她相比。她适合作为夫人，成为众多女子师法的对象。却怎么会有这样的命运，处在如此低微的环境中！

这个世上已经没有了樊姬那样贤惠的女子去匡正楚庄王，有的只是像晋献公那样宠爱的骊姬。感慨于当年汉代的郑季，他和平阳家的妾媪私通后生下卫青，青卫的幼子们居然得到了汉武帝封侯的赏赐，因为路过你的家乡，所以让我想起了这件事。帝王们心里只想得到温婉美丽的女子，来发泄他们心中的情怀。在寒冬大雪纷飞，雪花填满庭院阶除之时，他们仍然穿着一重重的衣服，盖着厚厚的被子，辗转反侧，寻欢作乐。直到天色将明，鸡鸣声声相催之时，才连忙坐上马车，赶紧去上朝，这时还在恋恋不舍地与美人分别。头脑一片昏沉，杂思不能排除。你亭亭玉立地站在城池旁，穿着青色的衣服在那里悲泣。我就要远远地离开你，你依依不舍地来追送。今夜明亮洁白的月色照在我的门窗，细细的晚风吹动着我床上的幔帷。那时我与你在河上逍遥漫步，如今我只能在庭院阶除边独自徙倚。我抬头看到南方夜空中的井宿和柳宿，又仰望着天空北斗星中的天玑。我们不是那牛郎和织女，却为何也要阻隔在河边。想念你啊，思念你，忧伤和悲痛就像是在早晨挨饿忍饥。

唐诗篇

　　唐诗是我国优秀的文学遗产之一，也是世界文学宝库中的一颗灿烂明珠。许多诗篇至今还广为流传，大部分唐诗都收录在《全唐诗》中，共有四万二千八百六十三首。当然，《全唐诗》并非"全"，也有很多脍炙人口的诗篇没有流传下来，消失在历史的长河中。自唐朝开始，有关唐诗的选本不断涌现，而流传最广的当属蘅塘退士编选的《唐诗三百首》。

　　唐代的诗人特别多。李白、杜甫、白居易、王维等是举世闻名的伟大诗人，除他们之外，还有许多女诗人，其中李冶、薛涛、鱼玄机、刘采春四人，并称为"唐代四大女诗人"。这些诗人，像满天的星斗一般，散发着独特的光芒，在今天仍知名的就有二千三百多人。

　　唐诗是中国诗歌的巅峰与代表。唐诗的题材非常广泛，涉及自然现象、政治动态、生活习俗、个人感受等。唐诗的形式和风格丰富多彩，不仅继承了汉魏民歌、乐府传统，而且大大发展了歌行体的样式。不仅扩展了五言、七言形式的运用，还创造了风格优美的近体诗。近体诗是当时的新体诗，它的创造和成熟，是唐代诗歌发展史上的一件大事，把我国古曲诗歌的音律和谐、文字精练的艺术特色，推到前所未有的高度，为古代抒情诗找到一个最典型的形式，至今还是民众喜闻乐见的艺术典范。

　　唐诗描写爱情的名篇很多，本书精选了《长相思》《春江花月夜》《叹花》等经典诗歌，供大家欣赏传诵。

长 相 思

李 白

长相思，在长安。

络纬秋啼金井阑，

微霜凄凄簟色寒。

孤灯不明思欲绝，

卷帷望月空长叹。

美人如花隔云端。

上有青冥之长天，

下有渌水之波澜。

天长路远魂飞苦，

梦魂不到关山难。

长相思，摧心肝。

作者简介：

李白，字太白，号青莲居士，唐朝浪漫主义诗人，被后人誉为"诗仙"。李白写诗千余篇，有《李太白集》传世，和杜甫并称"李杜"。李白的诗歌既有反映时代的繁荣景象，也有揭露统治阶级的荒淫和腐败，表现蔑视权贵，追求自由和理想的精神。

赏析：

《长相思》是李白被"赐金还山"后，被排挤离开长安时写的。这首诗通过描写景色，渲染气氛，表达离人的相思之苦，写得情真意切，读来荡气回肠。

全诗大意：我日日夜夜思念着的人啊，你就在长安。晚秋的深夜里，一种叫"纺织娘"的昆虫，在水井旁边的栏杆上声声悲鸣。天降寒霜，凉冰冰的空气渗透到竹席上，格外寒冷。孤独的灯火即将熄灭，加深了我对你的思念。卷起窗帘，凝望明月，禁不住一声长叹！我美丽的心上人呀，你长得如花似玉，却被浮云阻隔在遥远的天边。上有高远的蓝天，下有汹涌的波涛。天太长，地太远，相见是多么的艰难！我的牵挂无论怎么飞，也飞不过那层峦叠嶂的关山。我日日夜夜地思念你呀，想得肝肠寸断，寸断肝肠！

自古多情难相聚，面对孤灯，夜不成寐，望着月亮，徒然长叹！诗人李白向我们描绘了一幅形象生动的相思图。

春　思

李　白

燕草如碧丝，秦桑低绿枝。
当君怀归日，是妾断肠时。
春风不相识，何事入罗帏？

赏析：

　　这是一首描绘情思的诗。以相隔遥远的燕、秦两地的春天景物起兴，写独处秦地的思妇触景生情，终日思念远在燕地戍边的夫君，盼望他早日归来。以春风掀动罗帏的画面结束，通过思妇的心理活动描写，表现对爱情坚贞不移的高尚情操。

　　全诗大意：燕地的春草刚刚发芽，细嫩得像丝一样；秦地的桑树就已低垂着浓绿的树枝了。当你心里想着要回家的日子，正是我思念你断肠的时候。春风啊，你我素不相识，为何要吹进我的罗帐激起我的愁思？

　　在中国古典诗歌中，"春"字往往语带双关。它既指自然界的春天，也比喻青年男女之间的春情。这首《春思》，就包含这两层意思。

长 干 行

李 白

妾发初覆额，折花门前剧。
郎骑竹马来，绕床弄青梅。
同居长干里，两小无嫌猜。
十四为君妇，羞颜未尝开。
低头向暗壁，千唤不一回。
十五始展眉，愿同尘与灰。
常存抱柱信，岂上望夫台。
十六君远行，瞿塘滟滪堆。
五月不可触，猿声天上哀。
门前迟行迹，一一生绿苔。
苔深不能扫，落叶秋风早。
八月蝴蝶来，双飞西园草。
感此伤妾心，坐愁红颜老。
早晚下三巴，预将书报家。
相迎不道远，直至长风沙。

赏析：

　　这首诗描写了一位少妇的爱情故事，抒发了对出外经商的丈夫的思念之情，表达了对爱情的忠贞不渝。全诗用徐缓和谐的音节和形象化的语言，通过一连串具有典型意义的生活片段描写，刻画出一幅幅生活图景，展示女主人公的心理历程。

　　全诗大意：记得我刘海初盖前额的时候，经常折一枝花朵在门前嬉戏。郎君你总是跨着竹竿当马骑，我手持青梅，绕着交椅争夺紧追。长期以来我俩一起住在长干里，天真无邪，相互从不猜疑。十四岁那年，做了你的结发妻子，成婚那天羞得我不敢把脸抬起。我低头面向昏暗的墙角落，任你千呼万唤，也不回头。十五岁那年，高兴地笑开了双眉，誓与你白头偕老，直到化为尘灰。常抱着至死不渝的信念，怎么想到会走上望夫台？十六岁那年，你离开我，外出远行，要去瞿塘峡滟滪堆。五月水涨难辨，担心触礁，猿猴在两岸山头嘶鸣，更显悲凄。门前你离去时的足印，日子久了，一个个都长满青苔。苔藓长得太厚，怎么也扫不掉。秋风中，落叶纷纷把它覆盖。八月秋高，蝴蝶轻狂，双双飞过西园，在草丛中戏爱。此情此景，让我伤心痛绝，终日忧愁，红颜早衰。迟早有一天，你要离开三巴，应该写封信给我，寄到家来。为了迎接你，我不怕路途遥远，哪怕一直走到长风沙！

相　思

王　维

红豆生南国，
春来发几枝？
愿君多采撷，
此物最相思。

作者简介：

　　王维，河东蒲州（今山西运城）人，祖籍山西祁县。唐朝著名诗人、画家，字摩诘，世称"王右丞"，因笃信佛教，有"诗佛"之称。今存诗四百余首，代表作有《相思》《山居秋暝》等。王维精通诗、书、画、音乐，是田园诗派的代表人物，与孟浩然合称"王孟"。王维的诗，"诗中有画，画中有诗"，意境悠长，色彩鲜明。

赏析:

　　这首情诗,篇幅短小,语言精美,音节舒缓,淳朴深厚,代表盛唐绝句最高成就。红豆产于南方,果实鲜红浑圆,晶莹如珊瑚,南方人常用以镶嵌饰物。传说古代有一位女子,因丈夫死在边地,哭于树下而死,化为红豆,于是人们又称它为"相思子"。

　　全诗大意:红豆生长在南方,当春天来临的时候,茂盛的红豆树,又要长出多少个新枝、多少片新叶呢?希望你能多采几粒红豆,因为红豆又名相思豆,最能代表我对你的相思之情。

　　诗人借物言情,用红豆表达深切的思念,含蓄委婉,极具创意!全诗洋溢着青春的气息,满腹情思始终未曾直接表白,却把相思之情刻画得入木三分。

新添声杨柳枝词二首 （其一）

温庭筠

一尺深红胜曲尘，
天生旧物不如新。
合欢桃核终堪恨，
里许元来别有人。

作者简介：

　　温庭筠，原名岐，字飞卿，唐代诗人、词人。太原祁（今山西祁县）人。温庭筠精通音律，诗词兼工。诗与李商隐齐名，时称"温李"。其诗辞藻华丽，秾艳精致，内容多写闺情，今存三百多首，有清顾嗣立重为校注的《温飞卿集笺注》。

赏析：

　　全诗大意：深红色的荷花有一尺之高，看起来比淡黄如尘土之色的柳枝好看多了。老旧的事物比不上新鲜的事物，这看来是上天的本性啊。由两半相合而成的桃核终究是让人遗憾的，因为里面已经有仁（人）了。

　　温庭筠擅长写乐府，这首诗也借鉴了汉乐府中广泛使用的谐音手法。首二句用荷花之艳丽胜过已显疲惫之态的柳枝，以此来比喻世人喜新厌恶旧的心态，这是起兴的手法，与下二句也存有一定的关联。后两句都使用了谐音双关，构思巧妙。桃核由两半合成，故有"合欢"之说，但合欢之后并不快乐，因为桃核之中已有他人（仁）了，这种近乎戏谑的写法，也写出了爱情中的一种状态。因为爱情本来就说不清楚，而这种较为朦胧的表达手法也适应了这一题材的要求。近人刘永济先生《唐人绝句精华》评此诗曰："闺情词作者已多，此二首别开生面，设想新颖。"正是对此诗的高度评价。

新添声杨柳枝词二首 (其二)

温庭筠

井底点灯深烛伊，
共郎长行莫围棋。
玲珑骰子安红豆，
入骨相思知不知。

赏析：

　　全诗大意：我在井底点起灯火，让灯光把你的身影照得更加清晰。让我和你一起玩长行的博戏，就不要玩围棋了。长行局所用的骰子中镶嵌的红点就像一颗颗安放的红豆，深入骰子骨头中的相思你是否知道？

　　和上首诗一样，此诗通过博戏中长行局所需的骰子，也使用了双关的手法，但又有两点不同：一是首句"井底点灯"歇后"深烛伊"三字，歇后语的使用，使全诗更加贴近日常生活气息；二是第二、三、四句，通过博戏一事紧密地联系在一起。"长行"本是博戏之局，文意双关"长相陪伴"，"围棋"谐音双关"违期"，意谓：我要和你长相厮守，你切莫违期。第三句"安红豆"是一个故意设置的比喻，在情人眼中，一切便与爱情相关。正是因为有了这个比喻，第四句才有着落。红豆与相思相关，这原本是常见的联想，但温诗的妙处在于设置了"入骨"二字，通过这两个字和"骰子"的"骰"联系在一起，整个语境就连为一体而不显突兀了。清人管世铭评曰："古趣盎然，勿病其俚与纤也。"古、趣、俚，也正是此诗的生命力所在，后来刘禹锡"东边日出西边雨，道是无晴还有晴"也正是由此一脉发展而来。

无　题

李商隐

相见时难别亦难，东风无力百花残。
春蚕到死丝方尽，蜡炬成灰泪始干。
晓镜但愁云鬓改，夜吟应觉月光寒。
蓬山此去无多路，青鸟殷勤为探看。

作者简介：

　　李商隐，字义山，号玉溪生、樊南生，河南荥阳人，唐代著名诗人。他擅长诗歌写作，骈文文学价值也很高，和杜牧合称"小李杜"，与温庭筠合称为"温李"。其诗构思新奇，风格俊丽，尤其是爱情诗写得缠绵悱恻，优美动人。因处于牛李党争的夹缝中，一生很不得志，有《李义山诗集》传世。

赏析：

　　这是一首缠绵委婉的爱情诗，写出了浓郁的离别之恨和缠绵的相思之苦。诗中名句"春蚕到死丝方尽，蜡炬成灰泪始干"，体现了对爱情的坚贞，传诵千古。

　　全诗大意：我们相见一次非常艰难，离别更是难分难舍。春风已经柔弱无力，艳丽的百花都已经凋残。我们的爱情，像春蚕吐丝，绵绵不断，到死的时候才能吐尽；我们的爱情，像蜡烛的泪，点点滴滴，只有燃烧成灰烬，眼泪才能流干。早晨我走到镜前梳妆，发现乌黑的头发在悄然改变，令人忧愁。深夜你在月光下吟诗的时候，要照顾好自己，不要让身体着了寒。蓬莱仙境距离这里不算太远，却无路可通，希望有传递信息的青鸟，代我经常去看望你。

　　李商隐的诗，犹如一杯好茶，需要慢慢地品味。这首诗语言优美，感情真挚。只有经历过刻骨铭心的爱恨离别，才能深刻体会到李商隐文笔的细腻。执着之爱，不渝之情，缠绵之思，凄切之苦，永恒之盼，都表现得淋漓尽致。

无　题（其一）

李商隐

昨夜星辰昨夜风，画楼西畔桂堂东。
身无彩凤双飞翼，心有灵犀一点通。
隔座送钩春酒暖，分曹射覆蜡灯红。
嗟余听鼓应官去，走马兰台类转蓬。

赏析：

这首诗以心理活动为出发点，把可意会不可言传的情感，描绘得入木三分。写怀念之切、相思之苦，痛苦中有甜蜜，寂寞中有期待，将相爱而又不能相守的复杂心态，刻画得细致入微、惟妙惟肖。诗中名句"身无彩凤双飞翼，心有灵犀一点通"，至今仍广为传诵。

全诗大意：这里的一切和昨天晚上一样，依然是群星闪烁，依然是春风吹拂，依然是在画楼西侧的桂堂之东。但昨日的欢情已成为过去，冷冷清清的只剩下我一个人。昨天晚上，我们一起在这里参加宴会和游戏，那种情景真让人陶醉。你我虽然没有像彩凤一样，长着可以比翼双飞的翅膀，无法相亲相近，但你我都具有像灵犀一样的心，息息相通。你我相互传递玩游戏用的手钩，尽管隔着座位，我还是感到特别温暖。虽然是分组猜谜语，但你那边的蜡灯却显得格外红艳。可惜我们都还没有尽兴，三更的鼓声已经敲响，我只好悻悻地离开，骑马赶往秘书省。唉，我就像秋天里那随风飘转的飞蓬，身不由己，无法和你常相聚！

人生最大的遗憾，就是不能和自己最喜欢的人相爱。但是，人在江湖，身不由己，很多事情都不是自己说了算，包括婚姻和爱情。由于种种原因，很多人最终都没能和自己最爱的人生活在一起。那种辛酸和无奈，也只有李商隐才能用语言把它表达出来。

夜雨寄北

李商隐

君问归期未有期，
巴山夜雨涨秋池。
何当共剪西窗烛，
却话巴山夜雨时。

赏析：

　　这是李商隐在遥远的巴蜀写给妻子的一首七言绝句。诗人用朴实无华的文字，表达对妻子的一片深情。这首诗构思新颖，自然流畅，跌宕有致，很有意境。

　　全诗大意：你来信询问，什么时间启程回到你的身边，可归期还迟迟不能确定。我所滞留的川东巴山，秋雨连绵，池水上涨。何时才能与你共同用剪刀，剪去西窗边那支红烛的残芯呢？那时才能向你倾诉，今日巴山夜雨中那种相思之情呢。

　　诗人在异乡淅淅沥沥的秋雨中，独对残烛，夜不成寐，反复读着妻子的来信，孤独郁闷，思念爱人，盼望重聚的欢乐。

叹　花

杜　牧

自是寻春去校迟，
不须惆怅怨芳时。
狂风落尽深红色，
绿叶成阴子满枝。

作者简介：

　　杜牧，字牧之，号樊川居士，京兆万年（今陕西西安）人，晚唐杰出诗人、散文家，尤以七言绝句著称，人称"小杜"，以别于杜甫。杜牧与李商隐并称"小李杜"。因晚年居长安南樊川别墅，故后世称"杜樊川"，著有《樊川文集》。

赏析：

　　《叹花》是杜牧的代表作之一。诗人借寻春迟到，芳华已逝，比喻少女青春已过，抒发了机缘已误，时不再来的惆怅之情。关于此诗，有一个传说故事：杜牧游湖州，认识一民间少女，十余岁，貌美聪慧，一见倾心。因年龄太小，杜牧与其母相约十年后来娶。过了十四年，杜牧始为湖州刺史，女子已嫁人三年，生二子。杜牧感叹其事，故作此诗。

　　全诗大意：我寻访春色去得太晚，以致春尽花谢。不要埋怨花开得太早，自然界的风雨变迁，使得鲜花凋谢。春天早已过去，绿叶繁茂，已经果满枝头，快到收获季节了。

　　这首诗以花喻人，借物抒情。通过作者寻春失时，表达自己与某位少女之间错过了的一段美好因缘，抒发了无尽的感叹与惋惜。从这首小诗中，可以体会到很深的哲理。机遇稍纵即逝，要准确把握"现在"，抓住一切机会，才不遗憾终生。

赠　别（其二）

杜　牧

多情却似总无情，
唯觉樽前笑不成。
蜡烛有心还惜别，
替人垂泪到天明。

赏析:

　　诗人在大和九年,调任监察御史,离扬州赴长安,与妓女惜别写下此诗,描绘两人难分难舍的情景。

　　全诗大意:欢聚如胶似漆,离别却似无情。在离别的酒宴上,很想笑一笑,却笑不出来。案头上的蜡烛有心,知道我们要依依惜别。你看它,替我们流泪,一直流到天明。

　　首句写离筵上的压抑无语,似乎冷淡无情。次句以"笑不成"点明原非无情,而是太伤感,实乃有情。诗人和心上人不忍分别,却不得不别。因为爱得太深,无论用什么语言,都难以表达内心的情感。诗人举樽道别,强颜欢笑,想让情人开心。但因为伤感,挤不出一丝笑容。诗人用精练的语言,表达了缠绵的情思,风流蕴藉,意境深远,余韵不尽。

铜官窑题诗（其十四）

无名氏

君生我未生，
我生君已老。
君恨我生迟，
我恨君生早。

赏析:

　　此诗为唐代铜官窑瓷器题诗，1974—1978 年出土于湖南长沙铜官窑窑址。作者可能是陶工自己创作，或是当时流行的诗词。诗中的无奈，可能是年龄的差距，也可能是相距得太远，感叹两人相爱不能相守的辛酸。

　　这首诗讲述的是一个悲情故事。如果时空不错乱，就不会有这首刻骨铭心的诗句传世。因造化弄人，源于巨大的年龄阻隔，使两个相爱的人难以结合相守，却又无法摆脱相思之情。我们无法选择出身，只能在邂逅的那一刻遗憾终生。

长 恨 歌

白居易

汉皇重色思倾国，御宇多年求不得。

杨家有女初长成，养在深闺人未识。

天生丽质难自弃，一朝选在君王侧。

回眸一笑百媚生，六宫粉黛无颜色。

春寒赐浴华清池，温泉水滑洗凝脂。

侍儿扶起娇无力，始是新承恩泽时。

云鬓花颜金步摇，芙蓉帐暖度春宵。

春宵苦短日高起，从此君王不早朝。

承欢侍宴无闲暇，春从春游夜专夜。

后宫佳丽三千人，三千宠爱在一身。

金屋妆成娇侍夜，玉楼宴罢醉和春。

姊妹弟兄皆列土，可怜光彩生门户。

遂令天下父母心，不重生男重生女。

骊宫高处入青云，仙乐风飘处处闻。

缓歌慢舞凝丝竹，尽日君王看不足。

渔阳鼙鼓动地来，惊破《霓裳羽衣曲》。

九重城阙烟尘生，千乘万骑西南行。

翠华摇摇行复止，西出都门百余里。

六军不发无奈何，宛转蛾眉马前死。

花钿委地无人收，翠翘金雀玉搔头。

君王掩面救不得，回看血泪相和流。

黄埃散漫风萧索，云栈萦纡登剑阁。
峨嵋山下少人行，旌旗无光日色薄。
蜀江水碧蜀山青，圣主朝朝暮暮情。
行宫见月伤心色，夜雨闻铃肠断声。
天旋地转回龙驭，到此踌躇不能去。
马嵬坡下泥土中，不见玉颜空死处。
君臣相顾尽沾衣，东望都门信马归。
归来池苑皆依旧，太液芙蓉未央柳。
芙蓉如面柳如眉，对此如何不泪垂？
春风桃李花开日，秋雨梧桐叶落时。
西宫南内多秋草，落叶满阶红不扫。
梨园弟子白发新，椒房阿监青娥老。
夕殿萤飞思悄然，孤灯挑尽未成眠。
迟迟钟鼓初长夜，耿耿星河欲曙天。
鸳鸯瓦冷霜华重，翡翠衾寒谁与共？
悠悠生死别经年，魂魄不曾来入梦。
临邛道士鸿都客，能以精诚致魂魄。
为感君王辗转思，遂教方士殷勤觅。
排空驭气奔如电，升天入地求之遍。
上穷碧落下黄泉，两处茫茫皆不见。
忽闻海上有仙山，山在虚无缥渺间。
楼阁玲珑五云起，其中绰约多仙子。
中有一人字太真，雪肤花貌参差是。
金阙西厢叩玉扃，转教小玉报双成。
闻道汉家天子使，九华帐里梦魂惊。
揽衣推枕起徘徊，珠箔银屏迤逦开。
云鬓半偏新睡觉，花冠不整下堂来。
风吹仙袂飘飖举，犹似霓裳羽衣舞。

玉容寂寞泪阑干，梨花一枝春带雨。

含情凝睇谢君王，一别音容两渺茫。

昭阳殿里恩爱绝，蓬莱宫中日月长。

回头下望人寰处，不见长安见尘雾。

惟将旧物表深情，钿合金钗寄将去。

钗留一股合一扇，钗擘黄金合分钿。

但教心似金钿坚，天上人间会相见。

临别殷勤重寄词，词中有誓两心知。

七月七日长生殿，夜半无人私语时。

在天愿作比翼鸟，在地愿为连理枝。

天长地久有时尽，此恨绵绵无尽期！

作者简介：

　　白居易，字乐天，号香山居士，唐朝新郑（今河南郑州）人。唐代诗人、文学家，他的诗歌题材广泛，形式多样，语言通俗，有"诗魔"和"诗王"之称，官至翰林学士、左赞善大夫，代表作有《长恨歌》《卖炭翁》《琵琶行》等。有《白氏长庆集》传世。

赏析：

《长恨歌》是一首长篇叙事诗，作于公元806年。当时诗人正在盩厔县（今陕西周至）任县尉。他和友人陈鸿、王质夫同游仙游寺，有感于唐玄宗、杨贵妃的故事而创作了这首诗。这首诗叙述了唐玄宗与杨贵妃的爱情悲剧，借历史人物和传说，再现了生活的真实，千百年来感染了无数读者。"在天愿作比翼鸟，在地愿为连理枝"是本诗名句，流传千古。

全诗大意：唐明皇好色，日夜都想找个绝代佳人。他统治全国多年，竟找不到一个称心人。杨家有个女儿刚刚长大，十分娇艳。养在深闺中，外人不知她美丽绝伦。天生丽质让她难以埋没于世间，果然很快被选在皇帝身边做妃嫔。她回眸一笑，千姿百态，娇媚横生。六宫妃嫔，个个黯然失色。春寒料峭，皇上赐她到华清池沐浴。温泉水润，洗涤着她凝脂一般的肌身。侍女搀扶她，如出水芙蓉般柔美婷婷。由此得到皇帝宠幸。鬓发如云，面似桃花，头戴着金步摇。芙蓉帐里，与皇上共度春宵。良宵苦短，一觉睡到日高起。君王深恋儿女情，从此再也不早朝。承受君欢侍君饮，终日陪伴无闲时。春日陪皇上出游，夜夜侍寝。后宫妃嫔有三千，个个姿色像女神。三千美色不动心，皇上只宠她一人。金屋藏娇，夜夜不分离。玉楼上，酒酣宴罢，醉意伴随着春心。姊妹封为夫人，兄弟封为公卿。一个个封地受赏，杨家门户流光溢彩，令人羡慕向往。这使得天下父母，个个改变了心愿。谁都看轻男孩，只想生个小千金。骊山北麓的华清宫，玉宇琼楼，高耸入云。清风过后，飘出仙乐，四面八方都可听到。轻歌曼舞多么合拍，管弦旋律多么传神。君王终日都观看，欲心难足，永无止境。忽然渔阳战鼓响，惊天动地震宫阙。惊坏跳舞的歌伎，停奏《霓裳羽衣曲》。九重城楼与宫阙，烽火连天杂烟尘。千军万马护君王，直向西南急逃奔。翠华龙旗一路摇，队伍走走又停停。西出都城百余里，来到驿站马嵬亭。龙武军和羽林军，六军停滞，要求赐死杨玉环。君王无可奈何，只得在马嵬坡下缢杀杨玉环。贵妃头上的饰品，抛撒满地无人问。翠翘金雀玉搔头，珍贵头饰一根根。虽然君王宠爱，却救不了美人的命，掩面哭成泪人。回头再看此惨状，血泪交和涕淋淋。秋风萧索扫落叶，黄土尘埃已消遁。回环曲折穿栈道，队伍登上了剑门。峨眉山下路险阻，蜀道艰难少人行。旌旗黯黯无光彩，日色淡淡近黄昏。泱泱蜀江水碧绿，巍巍蜀山郁青青。圣主伤心思贵妃，朝朝暮暮恋旧情。行宫之内见月色，总是伤心怀悲恨。夜雨当中闻铃声，谱下悲曲雨霖铃。天旋地转战乱平，君王起驾回京城。到了马嵬车踌躇，不忍离去断肠人。萋萋马嵬山坡下，荒凉黄土坟冢中。美人颜容再不见，地上只有她的坟。君看臣来臣望君，相看个个泪沾衣。东望京都心伤悲，任凭马儿去驰归。回到长安进宫看，荷池花苑都依旧。太液池上芙蓉花仍在，未央宫中垂杨柳未改。芙蓉恰似她的面，柳叶好比她的眉。睹物怎能不思人，触景不免泪双垂。春风吹开桃李花，物是人非不胜悲。秋雨滴落梧桐叶，场面寂寞更凄惨。兴庆宫和甘露殿，处处萧条长秋草。宫内落叶满台阶，长久不见有人扫。当年梨园的弟子，个个新添了白发。宫女也容颜衰老。晚上宫殿中流萤飞舞，孤灯油尽君王仍难以入睡。细数迟迟钟鼓声，愈数愈觉夜漫长。遥望耿耿星河天，直到东方吐曙光。冷冰冰的鸳鸯瓦，霜花覆盖了几重？寒刺刺的翡翠被，谁与皇上来共用？生离死别情悠悠，至今已经过一年。美人魂魄在何方，为啥不曾来入梦？四川有个名道士，正到长安来作客。能用虔诚的道术，招引贵妃的魂魄。辗转相思好伤神，叫人对王表同情。就叫方士去努力，专意殷勤去找寻。驾驭云气入空中，横来直去如闪电。升天入地去寻求，天堂地府找个遍。找遍了整个碧空，找遍了整个黄泉。天茫茫来地苍苍，找遍天地没看见。忽然听说东海上，有座仙山叫蓬莱山。仙山耸立在云端，云来雾去缥渺间。玲珑别透楼台阁，五彩祥云承托起。天仙神女多无数，个个绰约又多姿。万千娇美仙女中，有个芳名叫太真。肌肤如雪貌似花，仿佛是要找的人。方士在金阙西厢，叩开白玉的大门。他托付侍女小玉，叫双成通报一声。猛然听到通报说：唐朝天子来使者。九华帐里太真仙，酣梦之中受震惊。推开睡枕揽外衣，匆忙起床乱徘徊。珍珠帘子金银屏，一路层层都敞开。发鬓半偏着，看来刚刚才睡醒。花冠不整都不顾，匆匆跑到堂下来。轻风吹拂扬衣袖，步履轻轻飘飘举。好像当年在宫中，跳起霓裳羽衣舞。寂寞忧愁颜面上，泪水纵横四处流。好像春天新雨后，一枝带雨的梨花。含情凝视天子使，托他深深谢君王：马嵬坡上长别后，音讯颜容两渺茫。昭阳殿里恩爱情，日深月久已断绝。蓬莱宫中度时日，仙境幽幽万古长。回头俯身向下看，滚滚黄尘罩人间。只见尘雾一层层，京都长安看不见。只有寄去定情物，表表我一往深情。钿盒金钗寄你去，或许能慰藉君王。金钗儿我留一半，钿盒儿我留一扇。擘金钗来分钿盒，一人一半各收藏。但愿我们两颗心，有如钗钿一样坚。不管天上或人间，终有一日会相见。临别殷勤托方士，寄语君王表情思。寄语之中有誓词，唯有我俩心里知。当年七月七日夜，我俩相会长生殿。夜半无人两私语，双双对天立誓言。在天上，我们愿作比翼鸟，一起飞翔。在地上，我们甘为连理枝，永不分离。即使天长地久，总会有终了之时。唯有这生死遗恨，却永远没有尽期。

在这首诗里，作者以精练的语言，叙述了唐玄宗、杨贵妃在安史之乱中的爱情悲剧：他们的爱情被自己酿成的叛乱断送了。唐玄宗、杨贵妃是历史人物，诗人并不拘泥于历史，而是借着历史的一点影子，根据传说，描绘出一个回旋曲折的故事，缠绵悱恻，感人肺腑。

春 望 词

薛　涛

花开不同赏，花落不同悲。
欲问相思处，花开花落时。

揽草结同心，将以遗知音。
春愁正断绝，春鸟复哀吟。

风花日将老，佳期犹渺渺。
不结同心人，空结同心草。

那堪花满枝，翻作两相思。
玉箸垂朝镜，春风知不知。

作者简介：

　　薛涛，字洪度，"唐代四大女诗人"之一。薛涛因父亲薛郧做官而来到蜀地，父亲死后薛涛居于成都。成都的最高地方军政长官剑南西川节度使，前后更换十一届，大多都与薛涛有诗文往来。韦皋任节度使时，奏请唐德宗授薛涛以秘书省校书郎官衔，但因格于旧例，未能实现，但人们却称之为"女校书"。曾居浣花溪上，制作桃红色小笺写诗，后人纷纷仿制，风靡一时，称为"薛涛笺"。

赏析：

这四首诗是薛涛的代表作。

"花开同赏、花落同悲"的知音，犹在天边。不识相的春风，怎能知道诗人那深深的相思？春天是美好的，但繁花满枝的同时，也意味着无可挽回的凋零。春光如此之美，又如此易逝，宛如青春和爱情。那些伤春者，才真正懂得春天。因为懂得，所以伤怀。春鸟的啼叫，就像诗人发自心底的哀吟。窗外曼舞的柳絮，让她想起了那些朝秦暮楚的男人。望着枝头美丽的花朵，数着指尖流走的时光，看着自己的美丽青春，在兀然地凋零。春天的一草一木，化成了诗人的惨淡身世。

年华易逝，知音难求，诗人的身世之感，何尝不是无数恋人心中永远的痛？薛涛有过热烈的爱情追求，有过痛苦的相思，但她从来没有低眉屈膝和哀求。在春天里，薛涛只能让自己的泪洒落在花瓣上。她无法逃离伤感，就像她一次次焚心似火，等待那无望的爱情一样。她独居浣花溪四十余年，生活虽孤苦，但人格独立，精神高尚。虽然频频遭遇不幸，却没有把她的视野局限在寂寞的小天地里。她依然坚持创作，筹建了吟诗楼，写下了著名的《筹边楼》。她生活在自己的诗歌世界里，生命依然纯粹而完整。她不仅是一个让人痛惜的薄命女子，更是一位博学多才的优秀诗人。

牡 丹

薛 涛

去春零落暮春时，泪湿红笺怨别离。
常恐便同巫峡散，因何重有武陵期？
传情每向馨香得，不语还应彼此知。
只欲栏边安枕席，夜深闲共说相思。

赏析：

　　此诗将牡丹拟人化，将牡丹比作情人，用倾诉衷肠的口吻描述相思之情，新颖别致，亲切感人，有醉人的艺术魅力。

　　诗人面对眼前盛开的牡丹花，从去年的分离写起，把一片深情浓缩在别后重逢的特定场景中。"红笺"，是诗人薛涛自制的一种深红小笺。"泪湿红笺"，体现了诗人的一往情深，笔触细腻而传神。担心与情人的离别，就像巫山的云雨那样，一散而不复聚，倍感失望。在极度痛苦之中，幻想有一天能突然和情人不期而遇，再度品味相逢的喜悦。花以馨香传情，人以信义见著，花与人相通，人与花同感，所以"不语还应彼此知"。诗人"安枕席"于栏边，和心上人抵足而卧，情同山海，共说相思。

　　薛涛每天都与达官贵人吟诗唱和，看似热闹非凡，实则内心冷清，没有知音，心中的寂寞无法诉说。每次的信誓旦旦，最终都是没有结局的美丽谎言。那么多与她来往的文人墨客，都不会真心给她幸福。而只有牡丹，没有与她海誓山盟，却能不期而遇，能够疏解心中的忧郁。知她者，唯有牡丹。

相　思　怨

李　冶

人道海水深，不抵相思半。
海水尚有涯，相思渺无畔。
携琴上高楼，楼虚月华满。
弹著相思曲，弦肠一时断。

作者简介：

　　李冶，唐代女诗人、道士，字季兰，乌程（今浙江吴兴）人。与陆羽、刘长卿、皎然等有交往。曾被召入宫中，后因上诗叛将朱泚，为德宗所扑杀。今存诗十余首，多为赠人及遣怀之作，后人曾辑录她与薛涛的诗，合为《薛涛李冶诗集》二卷。

赏析：

寂寞的道观，锁住了这位道姑的芬芳年华，但锁不住她的情思。李冶艳丽非凡，热情如火，却被种种清规戒律压抑着，春情只能在心底里激荡，煎熬。

全诗大意：人都说海水深，却抵不上相思的一半。海水还有个边际，而相思却渺然无边。携琴登楼，一曲又一曲地弹奏，编写一首"相思怨"来倾诉心声。月满西楼，在满天满地的月光笼罩下，一位女子独自弹琴，曲调忧伤凄凉，绵延天空。只有相思的曲子，才会这样悲伤。忽然间，弦断音裂，再也弹不下去。曲散肠断，抚琴独坐，神情萧索，黯然伤神。

像"海水尚有涯，相思渺无畔"这种言尽意未尽的诗句，最具艺术感染力，感动了无数读者。

赠 邻 女

鱼玄机

羞日遮罗袖，愁春懒起妆。
易求无价宝，难得有心郎。
枕上潜垂泪，花间暗断肠。
自能窥宋玉，何必恨王昌。

作者简介：

　　鱼玄机，女，晚唐诗人，长安（今陕西西安）人。初名鱼幼微，字蕙兰。咸通（唐懿宗年号）中为补阙李亿妾，以李妻不能容，进长安咸宜观出家为女道士，后被京兆尹温璋以打死婢女之罪被处死。鱼玄机性聪慧，好读书，尤工诗，与李冶、薛涛、刘采春并称"唐代四大女诗人"。鱼玄机诗作现存五十首，收于《全唐诗》。有《鱼玄机集》一卷，其事迹见《唐才子传》等书。

赏析：

　　鱼玄机最有名的诗句是“易求无价宝，难得有心郎”，文如其人，就像她的性格一样：大胆、率真、泼辣。

　　全诗大意：美丽的邻家美女，白天用衣袖遮住脸，春天里懒得妆扮。她深深地慨叹，像自己这样漂亮的女子，想在世间求得无价珍宝，是一件很容易的事。但是，想要获得一个有情郎君，却是如此的困难。为此，她夜夜在枕上暗自垂泪，即使在花丛中，也免不了断肠的思绪。但是，既然有这样的才貌，就要鼓起勇气，主动争取，即便是宋玉这样的美男，我也要追求，又何必怨恨像王昌那样的才子呢？

　　女人的一生，最重要的是追求爱情。然而，世间最难得到的，就是遇到真正爱自己的有情人。

离　思（其四）

元　稹

曾经沧海难为水，
除却巫山不是云。
取次花丛懒回顾，
半缘修道半缘君。

作者简介：

　　元稹，洛阳人，唐代诗人，早年和白居易共同提倡"新乐府"，世人把他和白居易并称"元白"。代表作为《莺莺传》，又名《会真记》，为后来《西厢记》的故事原型。有《元氏长庆集》六十卷，存诗八百三十多首。

赏析：

《离思》是元稹的代表作品，千古名句"曾经沧海难为水，除却巫山不是云"就是出自这首诗。这是为悼念亡妻韦丛之作，诗人运用"索物以托情"的比兴手法，赞美了夫妻之间的恩爱，表达了对妻子的怀念之情。

全诗大意：经历过沧海的人，别处的水很难再吸引他。除了云蒸霞蔚的巫山之云，其他的云都会黯然失色。我在花丛中走过，却懒于回顾，一半是因为我潜心修道，一半是因为曾经有你。除你之外，再没有让我心动的女子了。

元稹这首诗，不但抒情强烈，而且用笔极妙。前两句写怀旧之情，"沧海""巫山"，词意豪壮，有悲歌传响、江河奔腾之势。后两句，"懒回顾""半缘君"，顿使语调舒缓下来，转为深深的抒情，张弛自如，变化有致，形成一种跌宕起伏的旋律。全诗言情而不庸俗，瑰丽而不浮艳，悲壮而不低沉。

遣悲怀（其二）

元　稹

昔日戏言身后意，今朝都到眼前来。
衣裳已施行看尽，针线犹存未忍开。
尚想旧情怜婢仆，也曾因梦送钱财。
诚知此恨人人有，贫贱夫妻百事哀。

赏析:

　　《遣悲怀》是元稹怀念原配妻子韦丛的作品。这首诗重在伤悼，作者以"报恩"为切入点，回顾与韦丛婚后的艰苦生活，表达"贫贱夫妻"间的深厚感情，抒发对妻子的愧疚之情。

　　全诗大意：往昔开玩笑说死后的安排，今天都一一摆到了我的面前。你去世后，我把你的衣裳施舍给别人，已经没剩下几件了，只留下了你的针线盒，我不忍打开。想起你的旧日情意，更怜惜你的婢仆。也曾在梦中见到你，为你赠送钱财。我知道这种生死遗恨，人人都有。但是，像我们这样的贫贱夫妻，哪件事情不让人悲哀呢。

　　这首诗主要写妻子死后的"百事哀"，重点写了引起哀思的几件事。人已仙逝，而遗物犹在。为了避免见物思人，便将妻子穿过的衣裳施舍出去。白天事事触景伤情，夜晚梦魂飞越冥界相寻，表达了夫妻之间的真挚感情。

闺　情

李　端

月落星稀天欲明，
孤灯未灭梦难成。
披衣更向门前望，
不忿朝来鹊喜声。

作者简介：

　　李端，字正己，赵州（今河北赵县）人。唐代诗人。大历进士，授秘书省校书郎，官终杭州司马，为"大历十才子"之一，喜作律体，著有《李端诗集》。

赏析：

　　"月落星稀天欲明"，起笔描绘了黎明前寥廓空寂的天宇，点明了写作的背景。随后，诗笔从室外转向室内，描绘了另一番景象："孤灯未灭梦难成"。天已将明，孤灯闪烁，诗中女主人公仍在那儿辗转反侧，不能成眠。她有什么心事呢？一个悬念随之出现。

　　可是，作者似乎并不急于解决这个悬念，而是把笔墨继续集中在女主人公身上，"披衣更向门前望"，这神情就更奇怪了，她要去看什么呢？悬念进一步加深。"不忿朝来鹊喜声。"啊！原来是那声声悦耳动听的喜鹊叫声，把她引到门前。

　　"喜鹊叫，行人至。"这不是预兆着日夜思念的心上人马上就要回来了吗？她忙不迭地跑到门前去看。可是，门外只有车尘马迹、稀稀落落的行人，哪有心上人的影子？她伤心至极。充分表达出女主人公由惊喜陡转忧伤的心情。

　　诗人以清新朴实的语言，把一个闺中少妇急切盼望丈夫归来的情景，描写得含蓄细腻，形象生动，活灵活现。

竹枝词 (其一)

刘禹锡

杨柳青青江水平，
闻郎江上唱歌声。
东边日出西边雨，
道是无晴却有晴。

作者简介：

　　刘禹锡，字梦得，洛阳人。唐代杰出的政治家、哲学家、诗人和散文家，有《刘宾客集》传世。

赏析：

　　《竹枝词》是巴渝一带的民间歌谣，刘禹锡在任夔州刺史时，依照这种曲调写了十首诗，这是其中一首。爱情是一种难以言说的情感，本诗中"东边日出西边雨，道是无晴却有晴"两句，已成为经典名言，广为流传。

　　江边杨柳，垂拂青条；江中流水，平如镜面。在这样情思飘动的环境中，一位姑娘忽然听到了江边传来的歌声。多么熟悉的声音啊！一听到声音，就知道是谁唱的了。姑娘心里虽然早就爱上这位小伙子了，但对方至今还没有表白。今天，他从江边走了过来，而且边走边唱，似乎是对自己有些意思。这给了姑娘很大的安慰和鼓舞，她想：这个人啊，真有点像黄梅时节晴雨不定的天气，说它是晴天吧，西边还下着雨；说它是雨天吧，东边还有着太阳，真让人捉摸不透。

　　这里的"晴"，是用来暗指感情的"情"，"道是无晴却有晴"，也就是"道是无情却有情"。通过四句极其形象的诗句，把她的迷惘、她的眷恋、她的忐忑不安、她的希望和等待，全都形象地刻画出来了。

古 别 离

孟 郊

欲别牵郎衣，
郎今到何处。
不恨归来迟，
莫向临邛去。

作者简介：

　　孟郊，字东野，湖州武康（今浙江德清）人，唐代著名诗人。现存诗歌五百多首，以五言古诗为多，代表作为《游子吟》。孟郊有"诗囚"之称，与贾岛齐名，人称"郊寒岛瘦"。

赏析:

　　这首小诗，情真意切，质朴自然。开头"欲别"二字，紧扣题目中的"别离"，也为人物的言行点明背景。"牵郎衣"是为了让远行的丈夫能够停一停，听一听自己说几句话。从这急切、娇憨的动作中，流露出郑重而又亲昵的情态。临邛，今四川省邛崃县，也就是汉代司马相如在客游中，与卓文君相识、相恋之处。这里的"临邛"不是专指，而是用以借喻男子觅得新欢之处。

　　全诗大意：我拉着将要离别的丈夫的衣服，你今天要到什么地方去呢？我不怨恨你回来得太迟，只是希望你不要到临邛去。

　　寥寥数语，描写了女主人公对丈夫远行的忧虑和忐忑不安的心情。

古 怨 别

孟　郊

飒飒秋风生，愁人怨离别。
含情两相向，欲语气先咽。
心曲千万端，悲来却难说。
别后唯所思，天涯共明月。

赏析：

　　《古怨别》是一首五言古诗，全诗八句，四十字，细腻地描绘了一对情侣难分难舍的情景。

　　全诗大意：秋风萧瑟，满眼凄凉的季节，一对情侣因生活所迫，不得不含怨辞别。在这肝肠寸断的时刻，两人眼含热泪，面面相对，想说点什么，可是尚未开口，已泣不成声。心中有千言万语，却因悲痛至极而无法诉说。分别后天各一方，相思之情无人诉说。唯一能做的就是在天涯两地，共赏一轮明月，寄托无尽的相思之苦。

　　这是一首描写离愁的诗歌。一、二句点明离别的时间和环境，说明是在秋天。中间四句写两人因离别而泪眼相看、欲说不能、伤心至极的情景。最后两句写离别后的将来，只能在月光下共同思念，表达出真诚、坚贞的爱情。

月　夜

杜　甫

今夜鄜州月，闺中只独看。
遥怜小儿女，未解忆长安。
香雾云鬟湿，清辉玉臂寒。
何时倚虚幌，双照泪痕干。

作者简介：

　　杜甫，字子美，自号少陵野老，世称杜工部、杜少陵等，河南府巩（今河南郑州巩义）人，唐代诗人。杜甫被世人尊为"诗圣"，其诗被称为"诗史"，杜甫与李白合称"李杜"。杜甫忧国忧民，人格高尚，诗艺精湛，约一千四百首诗被保留下来，有《杜工部集》传世，在中国古典诗歌中备受推崇，影响深远。

赏析：

这首诗作于至德元年（756）八月，杜甫携家逃难鄜州，自己投奔灵武的肃宗，被叛军掳至长安。秋天月夜，望月思家，诗人借助想象，写妻子对自己的思念，也写出对妻子的思念，留下了这首传诵千古的名作。

全诗大意：今夜在鄜州的上空，有一轮皎洁的明月，我在这儿看明月，妻子也会在闺房中独自望月，希望我早点回去。幼小的女儿，还不懂得思念远在长安的父亲。香雾沾湿了妻子的秀发，清冽的月光映照着她雪白的双臂。什么时候才能和她一起倚着窗帷，共同仰望明月，让月光照干我们彼此的泪痕呢？

望月怀远

张九龄

海上生明月，天涯共此时。
情人怨遥夜，竟夕起相思。
灭烛怜光满，披衣觉露滋。
不堪盈手赠，还寝梦佳期。

作者简介：

    张九龄，字子寿，一名博物，谥文献，韶州曲江（今广东省韶关）人。唐朝政治家、诗人，玄宗开元年间尚书丞相，世称"张曲江"。他的五言古诗，诗风清淡，以质朴的语言，寄托深远的人生哲理，对扫除唐初沿习六朝绮靡诗风贡献很大，有《曲江集》传世，被誉为"岭南第一诗人"。

赏析：

　　《望月怀远》是张九龄的代表作，"海上生明月，天涯共此时"已成为流传千古的佳句。诗的开头紧扣题目，首句写"望月"，次句写"怀远"；接着写思念之情；五、六句承接三、四句，描绘了彻夜难眠的情境；结尾两句进一步抒发了对远方爱人的一片深情。全诗情景交融，细腻入微，情真意切。

　　全诗大意：一轮明月从海上冉冉升起，此时此刻，远在天涯的心上人，也许和我一样，在月光下相互牵挂。非常怨恨这漫漫长夜，深深的思念，让我一个晚上都无法入睡。我吹灭蜡烛，披上衣服，走出门外，独自一人看着月亮，寒夜的露水打湿了身上的衣服。月亮虽然迷人，却无法用双手捧起送给你。还是睡觉吧，也许在睡梦中能与心上人相聚！

　　这首诗清新婉转，意境开阔，语淡情深，情意缠绵，读后让人感动。

金 缕 衣

杜秋娘

劝君莫惜金缕衣，
劝君惜取少年时。
花开堪折直须折，
莫待无花空折枝。

作者简介：

  杜秋娘，润州（今江苏镇江人），唐朝歌妓。虽出身卑微，却独禀天地之灵秀，出落得美慧无双，占尽了江南少女的秀媚，而且能歌善舞，喜作诗写词，曾风靡江南一带。

赏析：

　　这是中唐时期的一首流行诗词。据说镇海节度使李锜酷爱此诗，常命侍妾杜秋娘在酒宴上演唱。此诗含意很单纯，可以用"莫负好时光"一言以蔽之，是人所共有的一种情感。所以这首诗能让读者产生强烈的共鸣，那就是：莫要错过青春年华和美好爱情。

　　全诗大意：不要贪图荣华富贵，而要珍惜美好时光。就像那盛开的鲜花，要及时采摘。如果不及时，等到春残花落时，就只能折取花枝了。

　　青春爱情一旦逝去，永不复返。此诗是对青春和爱情的大胆歌唱，是热情奔放的坦诚流露。可惜，爱金如命、虚掷光阴的世人，比比皆是。

春　怨

刘方平

纱窗日落渐黄昏，
金屋无人见泪痕。
寂寞空庭春欲晚，
梨花满地不开门。

作者简介：

　　刘方平，唐代诗人，河南洛阳人，匈奴族。工诗，尤擅绝句，其诗多写闺情、乡思，善寓情于景，艺术性较高，代表作有《月夜》《春怨》《新春》等。

赏析：

这是一首宫怨诗，点明主题的是第二句"金屋无人见泪痕"。句中的"金屋"，借用汉武帝小时候"愿以金屋藏阿娇（陈皇后小名）"的典故，表明所写之地是与世隔绝的深宫，所写之人是幽闭在宫内的少女。

全诗大意：纱窗上的日影渐渐落下，天色已是黄昏，金屋里面没有人来，只能看到脸上的泪痕。寂寞空虚的庭院中春天就要过去，纵然梨花落满地，但也懒得开门去打扫。

这首诗的写法是由内及外，由近及远，从屋内的黄昏渐临到屋外的春晚花落，从近处的杳无一人到远处的庭空门掩，将一位少女置身于凄凉孤寂的环境之中，自然要以泪洗面了。

复偶见三绝

韩　偓

雾为襟袖玉为冠，半似羞人半忍寒。
别易会难长自叹，转身应把泪珠弹。

桃花脸薄难藏泪，柳叶眉长易觉愁。
密迹未成当面笑，几回抬眼又低头。

半身映竹轻闻语，一手揭帘微转头。
此意别人应未觉，不胜情绪两风流。

作者简介：

　　韩偓，唐代诗人，字致光，号致尧，晚年又号玉山樵人，陕西万年（今樊川）人。
其诗集为《玉山樵人集》，《全唐诗》收录其诗二百八十多首。

赏析：

这首诗描写唐代士大夫与女冠（女道士）的私下恋爱。诗中女主人公是一位道姑，这类不宜公开的私下恋情，发展过程异常艰难，男女双方的苦恼，往往超过得到的欢乐。

全诗表现了一对具有特殊身份的情人，如何借助"弦外音"和"人体语言"，在大庭广众下眉目传情。其中一个心怀"爱"胎，当别人在亲切交谈时，他的思想却走了神。他的心被竹帘后面半隐半现的情人吸引，就是那个妙龄道姑。她此刻的"轻语"，固然不知在对谁说些什么，但"心有灵犀一点通"的他，意识到那是对自己说话。这时，他欠了欠身子，拉了拉衣角，一本正经地坐定，假装认真倾听的样子。然而他的神情表明他早已心不在焉。他关注到，那人正在"一手揭帘"，向他示意，因而怦然心动。他还注意到那人"微转头"的动作，似乎有所提示："我看见你了，你看见我了吗。"

目语是最丰富、最微妙的一种人体语言，能表达极其复杂的感情。在大庭广众下，也必须如此，才能避免招惹耳目是非。这是一次"偶见"，并非事前的约定，又是在众目睽睽之下，当然不能久留，必须迅速走过。她是那样的美丽多情，在心中掀起情感狂涛。但他意识到自己的处境，留心观察周围人的反应。"此意别人应未觉"，因而不至于引起麻烦，他不禁暗暗宽慰。在别人未觉察的同时，两个人居然"心许目成"地作了一番"晤谈"，交换了相思之情，两人都很激动，"不胜情绪两风流"。

感情共鸣，只在振动频率相同的两个人心间发生，别人全无察觉。诗写至此，可谓心有灵犀，妙语天成。

江 南 曲

于　鹄

偶向江边采白蘋，
还随女伴赛江神。
众中不敢分明语，
暗掷金钱卜远人。

作者简介：

　　于鹄，唐朝诗人，其诗语言朴实，清新可人，大多是描写隐逸生活，宣扬禅心道风的作品。代表作有《江南曲》《塞上曲》《题美人》等。

赏析：

　　写闺情的诗歌，大多是从思妇的梳妆打扮写起，然后以陌头杨柳、高楼仰望、长夜无眠等抒发缠绵的情思。这首诗却以质朴的民歌体裁描写离情，别具一格，独领风骚。

　　首句"偶向江边采白蘋"，写女主人公的劳作场面。这位女子双手不停歇地采着白蘋，眼睛却瞟向江面。当初，她的心上人就是从这里乘船远行的。望江思人，触景生情，心中波涛顿生，像滔滔的江水一样狂奔不已，表明女主人公劳作时，也在思念远行爱人的内心秘密。

　　次句"还随女伴赛江神"，写女主人公在闲暇娱乐时也无法忘记心上人。当年她就是在江神庙前为他送行的，往昔的情景历历在目，更掀动了她的情思。

　　第三句"众中不敢分明语"，笔锋由动作描写转入心灵世界，写出了女主人心中的娇怯、羞涩。越是炽热的思念，越不敢当众表白心迹，越能体味到内心的痛苦。

　　结句"暗掷金钱卜远人"，表现出她一心惦记着远行的心上人，又不好意思让人知道，就偷偷地给"远人"占卜，祝他好运。这一细节描绘得惟妙惟肖，将女主人公纯洁的心灵、美好的情感表现得淋漓尽致。

啰唝曲（其一）

刘采春

不喜秦淮水，
生憎江上船。
载儿夫婿去，
经岁又经年。

作者简介：

　　刘采春，唐代女诗人，伶工周季崇的妻子。她擅长参军戏，善诗词，深受诗人元稹的赏识，说她"言辞雅措风流足，举止低回秀媚多"。刘采春也是当时的"流行歌手"，红遍江南，在吴越一带，只要她的《啰唝曲》响起，闺妇行人，莫不凄然泪下。

赏析：

　　相思是一个常见的题材，但这首诗却陈中见新。诗人把想入非非的思念用憨态横生的口语写出，让人身临其境。

　　一位少妇独处空闺，百无聊赖，想到丈夫的离去，一会儿怨水，一会儿恨船，既说"不喜"，又说"生憎"。想到离别之久，一说"经岁"，再说"经年"，好像是胡思乱想，想到哪里就说到哪里，但却情真意切，生动地刻画了闺中少妇"千头万绪"的复杂心情。

秋思赠远二首

王　涯

当年只自守空帷，梦里关山觉别离。
不见乡书传雁足，唯看新月吐蛾眉。

厌攀杨柳临清阁，闲采芙蕖傍碧潭。
走马台边人不见，拂云堆畔战初酣。

作者简介：

　　王涯，字广津，太原人，唐代诗人，代表作有《闺人赠远五首》《秋夜曲》《秋思赠远二首》等。

赏析：

　　这两首诗，描写了诗人对妻子一往情深，是情思缠绵与雄壮风格的有机结合。诗人将相思写得深情款款，风格却开阔奔放。缠绵与雄放，统一在诗人的妙笔之下，颇具特色。

　　当年自己就立下心愿，与妻子离别后，甘愿独守空帷。几年来，常常是"梦里关山"：历尽千山万水，在梦里和妻子相会，醒来却发觉仍处在别离中。多么希望能像古代的传说那样，突见雁足之上，系着妻子的信啊！家书不见，唯见新月，一个"唯"字，写出了诗人无可奈何的怅惘。诗人对月怀人，浮想联翩，仿佛那弯弯的新月，就像娇妻的蛾眉。

　　避开了清阁杨柳，来到清池，那明艳动人的荷花好像在向我微笑。荷叶如面，莲花生春，但映入我眼帘的却是美目顾盼的娇妻。这淡淡的离愁，真是既苦又甜，既甜又苦，懊恼缠人啊！娇妻在千里之外，想效仿张敞画眉之事是不可能的。现在边关是多事之秋，作为运筹帷幄的统帅，应以国事为重，个人儿女之情暂且放一放吧。诗人极力要从思念中解脱出来，却更体现了对妻子的深切之情。

忆 扬 州

徐 凝

萧娘脸薄难胜泪，
桃叶眉长易觉愁。
天下三分明月夜，
二分无赖是扬州。

作者简介：

　　徐凝，唐代著名诗人，曾于杭州开元寺题牡丹诗，为白居易所赏，元稹亦为奖掖，遂名气大振。

赏析：

　　《忆扬州》是一首怀人诗，但标题却不写怀人，偏说怀地。诗人并不是要描写扬州这座城市，而是以绵绵情丝，追忆昔日的离别。

　　全诗大意：扬州的少女无忧无虑，笑脸迎人，娇美的脸上怎能藏得住眼泪。她可爱的眉梢所挂的一点点忧愁，也容易被人察觉。天下明月的光华有三分吧，无赖的扬州啊，你竟然占了两分。

　　《忆扬州》不写自己的思念，而写远人的别时音容，反衬出诗人的情怀。诗人把扬州明月写到了出神入化的地步，并用"无赖"之"明月"，尽显扬州的无限风姿，与标题吻合。这是诗人的有意安排，这种别具一格的艺术构思，让读者为之惊叹。

题都城南庄

崔　护

去年今日此门中，
人面桃花相映红。
人面不知何处去，
桃花依旧笑春风。

作者简介：

　　崔护，唐代诗人，字殷功，博陵（今河北定州）人。其诗风清新别致，《全唐诗》存诗六首，皆是佳作，尤以《题都城南庄》流传最广。

赏析：

　　这首诗设置了两个场景，"寻春遇艳"与"重寻不遇"，虽然场景相同，却物是人非。开头两句追忆去年今日的情景，点出时间、地点。接着描写佳人，以"桃花"的红艳，烘托"人面"之美。结尾两句写今年今日，与去年今日有同有异，有续有断，桃花依旧，人面不见。两个场景的映照，表达出诗人的无限惆怅之情。此诗脍炙人口，"人面不知何处去，桃花依旧笑春风"已成为千古名句。

　　全诗大意：去年的今天，就在长安南庄这户人家的门口，姑娘你那美丽的面庞和盛开的桃花交相辉映，显得分外绯红。时隔一年的今天，故地重游，你那美丽的倩影，已不知去哪儿了，只有满树桃花，依然笑迎着春风。

　　整首诗以"人面""桃花"为主线贯串，通过"去年"和"今日"同时、同地、同景而"人不同"的映照对比，把诗人两次不同的心情，淋漓尽致地展现出来。

写　情

李　益

水纹珍簟思悠悠，
千里佳期一夕休。
从此无心爱良夜，
任他明月下西楼。

作者简介：

　　李益，唐代诗人，字君虞，陕西姑臧（今甘肃武威）人，后迁河南郑州。大历四年进士，初任郑县尉，久不得升迁，建中四年登书判拔萃科。因仕途失意，后弃官在燕赵一带漫游，代表作有《江南曲》《杂曲》《春晚赋得馀花落》等。

赏析：

　　《写情》是一首失恋诗，描写情人约会不至而恼恨的心情。因为伊人已多次爽约，今夜幽会又愆期，表现了失恋的痛苦。

　　全诗大意：躺在精美的竹席上，思绪万千，久久不能平静。期待已久的约会，在这个晚上又告吹了。从今以后，再也无心欣赏那良辰美景，管他明月下不下西楼呢。

　　这首诗语言简练，含蓄深邃，在众多描写失恋的诗中别具一格，历来为世人所传诵。

春江花月夜

张若虚

春江潮水连海平，海上明月共潮生。
滟滟随波千万里，何处春江无月明！
江流宛转绕芳甸，月照花林皆似霰。
空里流霜不觉飞，汀上白沙看不见。
江天一色无纤尘，皎皎空中孤月轮。
江畔何人初见月？江月何年初照人？
人生代代无穷已，江月年年只相似。
不知江月待何人，但见长江送流水。
白云一片去悠悠，青枫浦上不胜愁。
谁家今夜扁舟子？何处相思明月楼？
可怜楼上月徘徊，应照离人妆镜台。
玉户帘中卷不去，捣衣砧上拂还来。
此时相望不相闻，愿逐月华流照君。
鸿雁长飞光不度，鱼龙潜跃水成文。
昨夜闲潭梦落花，可怜春半不还家。
江水流春去欲尽，江潭落月复西斜。
斜月沉沉藏海雾，碣石潇湘无限路。
不知乘月几人归，落月摇情满江树。

作者简介：

　　张若虚，唐代诗人。汉族，扬州人。曾任兖州兵曹，与贺知章、张旭、包融并称"吴中四士"。张若虚的诗仅存二首，其中《春江花月夜》是一篇脍炙人口的名作，语言清新优美，韵律婉转悠扬。

赏析：

　　《春江花月夜》共三十六句，每四句一换韵，以富有生活气息的清新之笔，创造性地再现了江南春夜的景色，犹如月光照耀下的万里长江画卷，表达了离别相思之苦。诗篇意境空明，缠绵悱恻，洗净了六朝宫体的浓脂腻粉，词清语丽，韵调优美，脍炙人口，乃千古绝唱，素有"孤篇盖全唐"之誉，闻一多称之为"诗中的诗，顶峰上的顶峰"。

　　全诗大意：春天的江水浩荡，与大海连成一片，一轮明月从海上缓缓升起，好像与潮水一起涌出来。月光照耀着春江，随着波浪，闪耀千里，所有的地方都一片明亮。江水曲曲折折，绕着花草丛生的原野流淌，月光照射着开遍鲜花的树林，好像细密的雪珠在闪烁。月色如霜，所以霜飞无从觉察。洲上的白沙和月色融合在一起，看不分明。江水、天空一色，没有一点灰尘，明亮的天空中只有一轮孤月高悬空中。江边上什么人最初看到月亮，江上的月亮哪一年最初照亮着人呢？人类一代代地生而又死，死而又生，无穷无尽。只有江上的月亮，一年又一年，总是相像。不知江上的月亮在等待什么人，只见长江流水不停地流去。游子像一片白云缓缓地离去，只剩下思妇，站在离别的青枫浦不胜忧愁。谁家的爱人今晚坐着小船在漂流？什么地方有人在明月照耀的楼上相思？可怜楼上不停移动的月光，始终照耀着离人的梳妆台。月光照进思妇的门帘，卷不走；照在她的捣衣砧上，拂不掉。相互望着，却听不到声音，我多么希望随月光照耀着你。鸿雁不停地飞翔，却飞不出无边的月光。月照江面，鱼儿在水中跳跃，激起阵阵波纹。昨天夜里梦见花落闲潭，春天过了一半，我还不能回家。江水带着春光将要流尽，水潭上的月亮又要西落。江月慢慢下沉，藏在海里，碣石与潇湘的离人无限遥远。不知有几人能趁着月光回家，唯有那西落的月亮，摇荡着离情，洒满了江边的树林。

《春江花月夜》在思想与艺术上都超越了以前那些单纯的景物诗、哲理诗、爱情诗。诗人将屡见不鲜的传统题材，注入了新的含义，融诗情、画意、哲理为一体，凭借对春江花月夜的描绘，赞叹大自然的奇丽景色，讴歌人间纯洁的爱情，别具一格，魅力独特。

宋词篇

宋词是继唐诗之后的又一种文学体裁，它兼有文学与音乐两方面的特点。每首词都有一个调名，叫作"词牌名"，依调填词叫"依声"。

宋词是中国古代文学皇冠上光辉夺目的一颗巨钻，光彩夺目，熠熠生辉，与唐诗争奇，与元曲斗艳，代表一代文学之盛。

宋代产生了一大批杰出的词人，并出现了各种风格、流派。《全宋词》共收录一千三百三十多人近两万首词，宋词的创作可谓盛况空前。词的起源虽早，但其发展高峰却是在宋代，因此后人把词看作是宋代最有代表性的文学。

宋词的代表人物有苏轼、柳永、欧阳修、辛弃疾等，除了男词人，也涌现了一批女词人，李清照、朱淑真、吴淑姬、张玉娘被称为"宋代四大女词人"，同样留下了不少名篇佳作。

宋词描写爱情的名篇很多，本书精选了《蝶恋花》《玉楼春》《卜算子》等，供大家欣赏传诵。

一 剪 梅

李清照

红藕香残玉簟秋。轻解罗裳，独上兰舟。云中谁寄锦书来？雁字回时，月满西楼。

花自飘零水自流。一种相思，两处闲愁。此情无计可消除，才下眉头，却上心头。

作者简介：

李清照，字易安，号易安居士，山东济南章丘人。宋代女词人，婉约派代表，有"千古第一才女"之称。李清照出生于书香门第，其父李格非藏书甚富，从小就打下了良好的文学基础。出嫁后与夫赵明诚共同致力于书画金石的搜集整理。金兵入据中原后，流寓南方，境遇孤苦。著有《易安居士文集》《易安词》，已散佚。后人有《漱玉词》辑本，今有《李清照集校注》。

赏析：

这首词是李清照与丈夫赵明诚分别后，为寄托无限思念之情而写下的作品。

全词大意：晚秋时节，红荷凋零，唯留残香，竹席生寒，凉气袭人。换下单薄的衣服，独自坐船出去散心。是谁从远方寄信来了？一群大雁从天边飞过，西楼上洒满了皎洁的月光。落花纷飞，飘零水面，然而落花有意，流水无情。我和你虽然身处两地，相互思念之心却是一样。离愁别恨之情无法消除，刚刚从眉头消失，却又涌上心头。

李清照这首词，具有强烈的磁性，吸引读者与她产生感情共鸣，读后让人心潮起伏，心灵激荡。相思之心，人皆有之。然而我们绝大多数人，只能意会，不能言传。唯独李清照能把相思之情用最形象、最生动、最细腻的语言表现出来，真不愧是千古第一才女。

孤 雁 儿

李清照

　　藤床纸帐朝眠起，说不尽、无佳思。沉香断续玉炉寒，伴我情怀如水。笛声三弄，梅心惊破，多少春情意。

　　小风疏雨萧萧地，又催下、千行泪。吹箫人去玉楼空，肠断与谁同倚？一枝折得，人间天上，没个人堪寄。

赏析：

　　这首词写于李清照晚年，在丈夫赵明诚去世之后。全词以"梅"为主线，相思之情，被梅笛挑起，被梅心惊动。因折梅无人共赏，无人堪寄，而陷入无可释怀的绵绵长恨中。

　　这里的床，非合欢之床，而是用藤竹编成的单人床。这里的帐，亦非芙蓉之帐，而是用茧纸做的帐子。炉寒香断，描写了一种凄冷的心境。孤寂中，谁家玉笛吹起了《梅花三弄》？它惊破梅心，预示了春天来临的消息，也吹燃了词人深埋心中的感情之火。

　　词人从憧憬的世界回到残酷的现实：弥满天地的只是萧萧的风雨。尽管大自然有它的客观规律，冬尽春来。然而，爱情的春天，早已随"吹箫人去"而永远消逝，让人眼泪潸潸，昔日的欢乐已成为刻骨哀思。纵使春到江南，也是天上、人间两重天，仙凡路隔，又如何传递爱的讯息呢？

醉 花 阴

李清照

　　薄雾浓云愁永昼，瑞脑消金兽。佳节又重阳，玉枕纱厨，半夜凉初透。

　　东篱把酒黄昏后，有暗香盈袖。莫道不消魂，帘卷西风，人比黄花瘦。

赏析：

开头一个"愁"字，定下了全词的基调；结尾一个"瘦"字，成为全词的词眼，也点明了本文的主题。以"愁"字起，以"瘦"字止，首尾互映，将离愁别恨、绵绵情思刻画得淋漓尽致。最后三句"莫道不消魂，帘卷西风，人比黄花瘦"，创造出一个凄凉的意境：秋风瘦菊，清冷佳节，美人兴叹，惜花自怜！

全词大意：薄雾浓云，就像我的愁绪一样整天缭绕不散，香炉里的香料已慢慢燃尽。重阳佳节又到了，天气突然变冷，半夜里，枕头和纱帐被寒气浸染得一片冰凉。黄昏时分，我在篱笆旁，一边饮酒，一边赏菊，那沁人心脾的浓香，渗透了我的衣袖。可惜这种芳香，没有人和我一起分享。我心里的悲伤，就不要再说了，当秋风掀开窗帘时，你会看到，屋子里那个比菊花还要憔悴的人。

读李清照的词，需要像赏菊一样慢慢品味，才能领略到女性阴柔的艺术美。

相 思 词

朱淑真

相思欲寄无从寄，画个圈儿替。话在圈儿外，心在圈儿里。单圈儿是我，双圈儿是你。你心中有我，我心中有你。

月缺了会圆，月圆了会缺。整圈儿是团圆，半圈儿是别离。我密密加圈，你须密密知我意。还有数不尽的相思情，我一路圈儿圈到底。

作者简介：

朱淑真，号幽栖居士，宋代女词人，亦为唐宋以来留存作品最多的女词人之一。自幼颖慧，博通经史，能文善画，精晓音律，尤工诗词，是宋代四大女词人之一，与李清照齐名。朱淑真生于仕宦之家，夫为文法小吏，因志趣不合，夫妻不睦，致其抑郁早逝，有《断肠诗集》《断肠词》传世。

赏析：

　　这首《相思词》，又称"圈儿词"，实际上是咏月诗的形象化表达，是抽象画的另一种形态。朱淑真用生花妙笔写下了这首"圈儿词"，通过圈圈点点，把刻骨的相思隐藏起来寄给丈夫，呈现出最凄美的画面，充分展示了她的婉丽多情、娇羞可爱、至纯至真。夫阅信，次日一早雇船回海宁故里与她相会。

　　朱淑真是在用心经营爱情，期待丈夫的爱，期待丈夫的回归。尽管相思刻骨铭心，她不得不隐藏这种情感。但是，词人心底还是渴望被感知，被眷恋，被疼爱。词人的幽默、含蓄、风趣在这里演绎得淋漓尽致。

蝶恋花·送春

朱淑真

楼外垂杨千万缕，欲系青春，少住春还去。犹自风前飘柳絮，随春且看归何处？

绿满山川闻杜宇，便做无情，莫也愁人苦。把酒送春春不语，黄昏却下潇潇雨。

赏析：

　　词人通过丰富的想象，将暮春景色表现得绚丽多姿，别具一格，在宋代诸多春思作品中，呈现独有的艺术特色。

　　全词大意：春天终归要离去，任凭用千万缕柳丝，想把她留住，她却停不住匆匆的脚步。那么，就随这纷纷飘飞的柳絮，去追寻她的归宿吧。满眼的山川，碧绿一片，杜鹃鸟不停啼叫，令人发愁。心上人在此离去，无奈之下，词人只好举起酒杯，默默为他送行，他却缄口不语。黄昏时分，飘然洒下蒙蒙细雨，似乎在与心上人挥泪告别。

江城子·赏春

朱淑真

斜风细雨作春寒。对尊前，忆前欢。曾把梨花，寂寞泪阑干。芳草断烟南浦路，和别泪，看青山。

昨宵结得梦夤缘。水云间，俏无言。争奈醒来，愁恨又依然。展转衾裯空懊恼，天易见，见伊难。

赏析：

　　这首词写失恋的悲愁，表达作者凄凉的心情。朱淑真在少女时期曾有过一段幸福的自由婚恋，可是后来由于父母做主，强嫁一俗吏，志趣难合，遂愤然离去。这棒打鸳鸯的忧伤、惨遭摧损的隐痛，郁结于心，使她在恨、愁、悲、病、酒中凄然而终，她的《断肠诗》《断肠词》真实地铭刻着心灵上的伤痕。这首《江城子》就是典型的代表作，虽然题作是《赏春》，只不过是说，满腔愁恨被春景所触发而已。

　　全词大意：在斜风细雨、春寒料峭的时节，正要举杯痛饮，借酒浇愁，却禁不住想起以前和情人的欢乐时光，泪水潸然而下，就像那带雨的梨花。想到那次分别，自己无奈地看着心上人的身影越走越远，消失在青山之间。心上人离去后，自己只能在梦中与他相会。真是日有所思，夜有所梦，昨夜就梦到我们因缘相会，在缥缈的云水之间，两人沉浸在幸福的欢乐中。岂料梦醒之后，离愁别恨依然是那样的愁苦，辗转反侧，再也无法入眠。真是见天容易，见心上人难，这种懊恼，是何等折磨人啊！

山之高 (三章)

张玉娘

山之高，月出小。
月之小，何皎皎！
我有所思在远道，一日不见兮我心悄悄。

采苦采苦，于山之南。
忡忡忧心，其何以堪。

汝心金石坚，我操冰雪洁。
拟结百岁盟，忽成一朝别。
朝云暮雨心去来，千里相思共明月。

作者简介：

  张玉娘，字若琼，号一贞居士，松阳人。生于宋淳祐十年，卒于南宋景炎元年，仅活到二十七岁。她出生在仕宦家庭，曾祖父是淳熙八年进士，祖父做过登士郎，父亲任过提举官。她自幼饱学，聪慧绝伦，善诗词。后人将她与李清照、朱淑贞、吴淑姬并称宋代四大女词人。

赏析:

　　山高月小，一片皎洁的月光，梦幻般洒在山巅，也洒在相思的路上。静静的思念，在轻轻地飞扬。一日不见，我心悄悄。

　　在山的南面采苦草，我是如此的忧愁，怎么能忍受这种思念之情呢?

　　你爱我的心像金子一样坚韧，而我爱你的心也像冰雪一样纯洁。我们已经约好要白头偕老，为什么又突遭分离呢? 早晨的云，傍晚的雨，都是我的愁思，千里的思念只能寄托给这轮明月与你诉说。

小 重 山

吴淑姬

谢了荼蘼春事休。无多花片子，缀枝头。庭槐影碎被风揉。莺虽老，声尚带娇羞。

独自倚妆楼。一川烟草浪，衬云浮。不如归去下帘钩。心儿小，难着许多愁。

作者简介：

　　吴淑姬，湖州人，宋代著名女词人。父为秀才，家贫，貌美，慧而能诗词，著有《阳春白雪词》五卷。

赏析：

　　这首词写一位女子的思念之情。

　　上片写暮春之景，却不写满地落红。荼蘼花谢，春天可算是彻底结束了。可还有"无多花片子，缀枝头"，说明荼蘼将谢未谢。写"莺虽老"，但"声尚带娇羞"，也是将老未老。正像这位女词人一样，青春将逝未逝，尚有美丽的面容，尚带娇羞的神态。槐影被风揉碎，春天被风吹走。自己的青春，也将一起消逝。春风揉碎了槐影，也揉碎了词人的芳心。

　　下片"独自倚妆楼"，更思远人。连天烟草，映衬着浮动的白云，犹如浪涛滚滚，铺天盖地而来，哪有归舟可见？想见到情人，一丝希望都没有，其愁苦可想而知。放下帘钩，想隔断草浪，挡住春愁。然而，这种愁思隔不断，挡不住。

卜算子·答施

乐 婉

相思似海深，旧事如天远。泪滴千千万万行，更使人、愁肠断。

要见无因见，拚了终难拚。若是前生未有缘，待重结、来生愿。

作者简介：

　　乐婉，宋代杭州名妓，为施酒监所悦。今传世的有《卜算子·答施》，收录于《花草粹编》卷二。

赏析：

　　乐婉与施酒监两情相悦，却不能厮守在一起，临别之际写词相赠。从词中所流露的感情来看，此一别不仅是远别，而且是诀别。此词直抒胸臆，明白如话，表达了她与恋人分别的痛苦和真挚的感情。

　　全词大意：离别之后，痛苦的相思如沧海一样，深而无际，让自己备受煎熬。美好的往事，就像天上的云一样，远不可即。想把握住这将别的时刻，流尽了千千万万行的眼泪，也留不住远行的恋人，让我愁肠寸断。想重见，却无法重见。与其抱着这没有希望的爱情，倒不如死掉这条心。但是，真要死心，却又下不了决心。你我虽然有情，但最终成不了眷属，也许是前生无缘吧。既然前生无缘，那么就等待来生，再结为夫妻。

　　词中道出了古往今来的爱情真谛：生死不渝。

长 相 思

林 逋

吴山青，越山青。两岸青山相送迎，谁知离别情？
君泪盈，妾泪盈。罗带同心结未成，江头潮已平。

作者简介：

　　林逋，字君复，浙江人，幼时刻苦好学，通晓经史百家，性孤高自好，喜恬淡，不趋荣利。长大后，曾漫游江淮间，后隐居杭州西湖，结庐孤山，常驾小舟遍游西湖诸寺庙，与高僧诗友相往还。每逢客至，叫门童纵鹤放飞，林逋见鹤必棹舟归来。

赏析：

　　这首词采用民歌中常见的复沓形式，以一唱三叹的节奏和清新优美的语言，描写了一位女子因爱情受困，被迫与心上人在江边诀别的情景。

　　上片起首两句，用起兴手法，叠下两个"青"字，色彩鲜明地描绘出山青水秀的江南胜景。接下来以拟人手法，移情寄怨，借"青山无情"，反衬"离人有恨"，表达了情人诀别时的痛苦。

　　下片由写景转入抒情。写行者与送者在临别之际，泪眼相对，哽咽无语，点出了他们悲苦难言的原因。以一江恨水，抒发情人的离愁别恨。古代男女定情，要用丝绸打成一个心形的结，叫作"同心结"。"结未成"，表明他们爱情生活横遭不幸。两个人虽心心相印，却难成眷属，只能各自带着心头的累累伤痕，在此挥泪而别。

生查子·药名闺情

陈　亚

相思意已深，白纸书难足。字字苦参商，故要檀郎读。

分明记得约当归，远至樱桃熟。何事菊花时，犹未回乡曲？

作者简介：

　　陈亚，字亚之，北宋诗人、藏书家。藏书数千卷，精善本居多，名画一千余幅。因得双鹤及怪石异花，乃作诗告诫子孙："满室图书皆坟典。华亭仙客岱云根。他年若不和花卖，便是我家好子孙。"卒后不久，图书流散于他人。

赏析：

　　这是一首别具风格的闺情词。词中以深挚的感情和通俗的语言，以书信的形式，巧妙地用一连串药材名称，倾诉相思之苦的心情。

　　词的上片，通过用书信难以表达的相思之苦，抒发对丈夫的一片深情。自从与丈夫分别后，无法排解离愁，便把深深的思念写入信中，那离别之情，却怎么也写不尽。词中的"相思""意已（薏苡）""白纸（芷）""苦参""郎读（狼毒）"均为药名。

　　过片"记得约当归"前，添上"分明"二字，突出分手时的印象深刻。她一再叮嘱丈夫，最迟不要超过樱桃熟时（指夏天），就一定要回家。可是，她等了又等，盼了又盼，却始终不见爱人回来。她不禁爱怨交织地问道："现在连菊花都开了（指秋天），你为什么还不回来呢？"这四句一气呵成，既是信中内容的延续，也是信外相思的延伸。

　　词的下片，进一步抒写怀念远人的情思。词中使用的药名，有"当归""远至（志）""樱桃""菊花""回乡（茴香）"等。

　　药名词，规定每句至少要有一个药名，药名可借用同音字。这首词中的"相思""苦参""当归""樱桃""菊花"是药名本字；"意已""白纸""郎读""远至""回乡"等，则是同音字借用而成。作者对十种药名的妙用，不仅情深意长，也显示了他医药知识的精深。

苏 幕 遮

范仲淹

碧云天，黄叶地，秋色连波，波上寒烟翠。山映斜阳天接水。芳草无情，更在斜阳外。

黯乡魂，追旅思，夜夜除非，好梦留人睡。明月楼高休独倚。酒入愁肠，化作相思泪。

作者简介：

范仲淹，字希文，北宋著名的政治家、思想家、军事家、文学家、教育家，世称"范文正公"。仁宗时，担任右司谏。庆历三年，提出了"明黜陟、抑侥幸、精贡举"等十项改革建议。后遭反对，被贬为地方官，辗转于邓州、杭州、青州，晚年病逝于徐州，著有《范文正公文集》。

赏析：

　　这首词被选入《宋词三百首》和七年级上册语文课本（北师大版）。此词上片着重写景，下片重在抒情。全词以绚丽多彩的笔墨，描绘了碧云、黄叶、寒波、翠烟、芳草、斜阳、水天相接的景色，勾勒出一幅清旷辽远的秋景图，抒写了夜不能寐、高楼独倚、借酒浇愁、怀念佳人的情景。

　　全词大意：碧空如洗，地上铺满枯黄的落叶，秋色连着秋水，水面上笼罩着一层翠绿的寒烟。夕阳照着远山，秋水和天边相连，芳草无情，不通人意，一直连到夕阳映照的远山之外。看到秋色，触景生情，想起故乡。旅途中，思念之情，从来没有中断过，除非每夜都有好梦，才能让我留恋在梦乡中。皓月当空的时候，不要独自在高楼远望，以免勾起情愁。闷酒流入愁肠，化作思念的泪水。

　　词人用多彩的画笔，描绘出绚丽的秋景和浓浓的情愁，显示了词人广阔的胸襟和对自然的热爱，反衬了离情的悲伤。

蝶　恋　花

柳　永

伫倚危楼风细细，望极春愁，黯黯生天际。草色烟光残照里，无言谁会凭阑意？

拟把疏狂图一醉，对酒当歌，强乐还无味。衣带渐宽终不悔，为伊消得人憔悴。

作者简介：

柳永，北宋著名词人，婉约派创始人，崇安（今福建武夷山）人，原名三变，字景庄，后改名永，字耆卿，排行第七，又称柳七。仁宗朝进士，官至屯田员外郎，世称柳屯田。他自称"奉旨填词柳三变"，以毕生精力作词，并以"白衣卿相"自诩。其词流传极其广泛，对宋词的发展有重大影响，代表作有《雨霖铃》《八声甘州》《凤栖梧》等。

赏析：

这首词上片写登高望远所引起的无尽离愁，以迷离的景物，渲染出凄楚悲凉的气氛。下片写主人公为消除离愁而痛饮狂歌，但强颜欢笑，终觉无味。最后写柔情，甘愿为思念伊人而日渐消瘦憔悴。这首词巧妙地把漂泊异乡的落魄感受，同怀念意中人的缠绵情思融为一体，表现了词人对爱情的执着。

全词大意：久久地站立在高楼上，微风吹拂，极目远望，到处都是无边无际的忧愁。夕阳下，苍茫的大地云霭缭绕，渗透着丝丝凄凉。独自无言，谁会理解我此时的心情呢？打算借酒消愁来排解郁闷，对着美酒纵情高歌，可这样强作欢乐，一点滋味也没有。眼看着一天天消瘦下去，我却从不后悔，就是为你身心憔悴也值得！

这首词抒发了对恋人的思念之情。作者的离愁难以诉说，无法排遣，但甘愿受其困扰，被其折磨，因为心中早已有个她。"衣带渐宽终不悔，为伊消得人憔悴"，已成为流传千古的名句。

雨 霖 铃

柳 永

寒蝉凄切，对长亭晚，骤雨初歇。都门帐饮无绪，留恋处、兰舟催发。执手相看泪眼，竟无语凝噎。念去去、千里烟波，暮霭沉沉楚天阔。

多情自古伤离别，更那堪冷落清秋节！今宵酒醒何处？杨柳岸、晓风残月。此去经年，应是良辰好景虚设。便纵有千种风情，更与何人说？

赏析：

　　《雨霖铃》是词牌名，相传唐玄宗入蜀时在雨中闻铃声而思念杨贵妃，故作此曲，曲调自身就具有哀伤的成分。柳永的这首词非常有名，其中的"多情自古伤离别"更成为千古佳句。

　　全词大意：秋蝉凄凉地叫个不停。在一个秋天的傍晚，大雨刚刚停止，我和你在长亭话别。面对着送别的酒宴，情绪低落，正在恋恋不舍时，小船催促着要出发了。两人牵着手，相互凝望着，泪水模糊了双眼。本来有许多心里话想说，竟激动得哽咽着说不出来。想到这一去路途遥远，千里烟波渺茫，傍晚的云雾笼罩着南天，深沉广阔，没有尽头。自古以来多情的人，最伤心的事就是离别，更何况在清冷萧条的晚秋时节。今天晚上酒醒之后，我将发现自己像一叶孤舟，独自停泊在杨柳岸边，面对的是清冷的晨风和一弯残月。我这一走，就要离别多年。良宵宴会即使有千般美好，没有你，又能对谁去诉说呢？

　　这首词是柳永的代表作。词中以"寒蝉""烟波""晓风""残月"等凄凉景象渲染了离情别绪，勾画出一幅晚秋离别图。作者官场失意，被迫离开京城，不得已与心爱的人分别，双重痛苦交织在一起，非常伤心。整首词情景交融，语言风格如行云流水，感情表达真挚细腻，缠绵悱恻之处，让人动情落泪，传诵千古，经久不衰。

卜算子慢·江枫渐老

柳 永

江枫渐老，汀蕙半凋，满目败红衰翠。楚客登临，正是暮秋天气。引疏砧、断续残阳里。对晚景、伤怀念远，新愁旧恨相继。

脉脉人千里。念两处风情，万重烟水。雨歇天高，望断翠峰十二。尽无言、谁会凭高意？纵写得、离肠万种，奈归云谁寄？

赏析：

此词为描写离情别绪的佳作。全词描写了游子登高怀人的情事，抒发了对伊人的深切思念和传书无凭的凄苦情怀。

起首两句，是登临所见。"败红"就是指"渐老"的"江枫"；"衰翠"就是指"半凋"的"汀蕙"；"满目"则是举枫树、蕙草以概其余，说明已是深秋。秋色凋零，引发悲感，更何况这种断断续续、稀稀朗朗的砧杵之声，在残阳中回荡呢。古代妇女，每逢秋季，就用砧杵捣练，制寒衣以寄远人。异客他乡的人，每闻砧声，就生旅愁。

"雨歇"一句，不仅写登临时天气的实况，也表明红翠衰败乃是风雨所致。雨过天晴，视野辽阔，极目所见，唯有山岭重叠，连绵不断。"望断翠峰十二"，也是徒然。

凭高怀远，已是堪伤，更何况无人可以诉说，无人能领会此意。既然无人可诉，无人可会，那么这"离肠万种"，就只有写信了。但是，纵然写好了信，又怎么寄出去呢？一种无可奈何之情，千回百转而出。

一丛花令

张　先

伤高怀远几时穷？无物似情浓。离愁正引千丝乱，更东陌、飞絮蒙蒙。嘶骑渐遥，征尘不断，何处认郎踪。

双鸳池沼水溶溶，南北小桡通。梯横画阁黄昏后，又还是、斜月帘栊。沉恨细思，不如桃杏，犹解嫁东风。

作者简介：

　　张先，字子野，乌程（今浙江湖州吴兴）人，北宋著名词人，曾任安陆的知县，因此人称"张安陆"。天圣八年进士，官至尚书都官郎中，晚年退居湖杭之间，善作慢词，与柳永齐名，词语工巧，曾因三处妙用"影"字，世称"张三影"。著有《张子野词》，存词一百八十多首。

赏析：

　　这首词主要表达了一位女子离开恋人后，独处深闺的相思和哀愁。通过形象而新奇的比喻，展现了女主人公对爱情的执着、对青春的珍惜、对幸福的向往、对美好事物的追求。

　　上片用倒叙的手法，描写女主人公的愁绪。开篇以爱怨交织的激情，向"高天""远地"提出质问，发泄伤感的悲愤，仿佛自问自答，表达人间万物没有比相思之情更浓的情感，揭示了女主人公伤感的原因。

　　下片写相思无奈的空虚。"池中双鸳"，就像当年情人相聚的情景，引发女子对昔日欢情的甜蜜回忆，也触动了她的情怀。更难受的是"黄昏后"的寂寞，在情侣们"人约黄昏后"的欢聚时刻，自己却"梯横画阁"，独坐空闺。当年从画阁竖梯窗下，迎候情郎欢会的美好，早已化为虚有，只剩下一弯冷月斜照窗帘。在极度空虚中，女主人公发出了无可奈何的"沉恨"："不如桃杏，犹解嫁东风。"表达了"人不如物"的悲伤之情。

相思令·蘋满溪

张　先

蘋满溪，柳绕堤。相送行人溪水西。回时陇月低。

烟霏霏，风凄凄。重倚朱门听马嘶。寒鸥相对飞。

赏析:

　　这是一首意境凄迷的送别词。全词以景结情，情景交融。词中选取低垂之月、霏霏之烟、寂寒之鸥等景象，营造出一个朦胧的境界，体现出送别者凄迷的心情。作者高超的写作技巧，使得本词具有独特的艺术魅力，在送别词中别具一格。

　　起首一句，写送行途中所见景象。青蘋满溪，垂柳绕堤，暗示沿溪柳送行之远。"溪水西"是送者不得不停止的地方，无限惆怅。行人渐行渐远，送者不得不返。归来时，山月低垂，天将拂晓，形单影只。那低垂的陇月，象征着送别者低沉的心情。

　　拂晓之后，烟霭霏霏，笼罩着山水原野，寒风凄凄。而送者的心情也笼罩在凄迷之中。送者回到家中，心情仍不能平静，反而更加伤心。送者转过身来，背靠朱门，面向远方，再次举目眺望行人远去的方向。可是，只听到过往的马嘶声，哪能见到心上人的影子呢。声声马嘶，紧揪着送者的心。此时，唯有那霏霏晓烟中，飞来飞去的寒鸥，与孤独的送者相对。

诉 衷 情

张 先

花前月下暂相逢，苦恨阻从容。何况酒醒梦断，花谢月朦胧。

花不尽，月无穷，两心同。此时愿作，杨柳千丝，绊惹春风。

赏析：

　　这首词描写了苦难人生中一对情侣的至爱情深，堪称爱情词中的千古绝唱。全词用"花""月"的形象贯穿，既写了"花前月下"的相恋，也写了"花谢月朦胧"的爱情受阻，更写了"花"不尽、"月"无穷的美好祝愿。

　　花前月下喜相逢，原本是良辰美景中的赏心乐事。但句中插入一个"暂"字，暗透出一丝悲意。"酒醒"有"愁醒"之意。"梦断"比喻美好往事已成空，而"花谢月朦胧"，则表明昔日美好的爱情之花已经凋谢，明月已经黯淡。

　　"花不尽"是期待爱情长存；"月无穷"是期待永久团圆；"两心同"则表明两人对爱情的忠贞不渝。由此可见，情人之间的离别，绝非是心甘情愿，实有难以诉说的隐痛，爱情横遭外来势力的摧残。凋谢的春花再度烂漫，而且永远盛开；黯淡的月亮再度光明，而且永远圆满。这是美丽的幻境，也是美好的祝愿。在词人痛苦的心中，需要的正是"两心同"这种极大的动力。如果没有对情人的无比爱恋，是不可能产生这种强大的精神力量。

千 秋 岁

张　先

　　数声鶗鴂，又报芳菲歇。惜春更把残红折。雨轻风色暴，梅子青时节。永丰柳，无人尽日飞花雪。

　　莫把幺弦拨，怨极弦能说。天不老，情难绝。心似双丝网，中有千千结。夜过也，东窗未白凝残月。

赏析:

　　这是一首惜春怀人的词,抒写爱情横遭阻隔的哀怨之作。"心似双丝网,中有千千结"是全词情感表达的高峰,也是千古名句。

　　全词大意:数声子规啼,告诉我们,春天的美景已经过去。非常惋惜这逝去的春光,在花丛中流连,选择一个好的花枝折下作为纪念。一片细雨,一阵暴风,正是梅子刚成熟的季节。好像永丰坊中的那棵柳树,尽管无人观看,也终日飘飞着柳絮,似飞舞的白雪。不要拨弦弹琴,那种幽怨的曲调,令人愁肠百结。天因无情,天不老;人缘有情,情难绝。我的心就像那双丝结成的网,有着无数的结。夜已过去,东方未白,尚留一弯残月。

　　此词以景寓情,情景交融,倾吐心声,爱憎鲜明,荡气回肠,回味无穷。

玉 楼 春

晏 殊

绿杨芳草长亭路，年少抛人容易去。楼头残梦五更钟，花底离愁三月雨。

无情不似多情苦，一寸还成千万缕。天涯地角有穷时，只有相思无尽处。

作者简介：

晏殊，字同叔，北宋临川人，抚州籍第一个宰相，著名词人、诗人、散文家。十四岁时就因才华洋溢而被朝廷赐为进士，命为秘书省正字。北宋仁宗即位后，做了集贤殿学士。性刚烈，清俭克己，善荐拔人才，如范仲淹、欧阳修均出其门下。著作颇丰，有文集一百四十卷，主要作品为《珠玉词》。

赏析：

　　这首词抒写离别相思之苦，寄托作者有感于聚散无常而发出的感慨。作者成功地使用夸张手法，增添了词的感染力。整首词感情真挚，情真意切，具有独特的艺术魅力。

　　全词大意：长亭路边，芳草萋萋，杨柳依依，年少的人，总是能轻易地抛弃送别的人而去。楼头传来的五更钟声惊醒了离人残梦，花底飘洒的三月春雨增添了心中的愁思。无情的人，你哪里知道，多情人心中的痛苦？我那一寸芳心，早已化成了千丝万缕的情丝。天涯海角，还有尽头；相思之苦，却无穷无尽。

　　为情所苦，就会饱受折磨；为情所困，就会不能自拔；为情所累，就会心力交瘁。因为爱得太深，所以词人才有"无情不似多情苦，一寸还成千万缕"的感慨。

蝶 恋 花

晏 殊

　　槛菊愁烟兰泣露，罗幕轻寒，燕子双飞去。明月不谙离恨苦，斜光到晓穿朱户。

　　昨夜西风凋碧树，独上高楼，望尽天涯路。欲寄彩笺兼尺素，山长水阔知何处？

赏析：

　　这首《蝶恋花》是宋词的名篇之一。上片写景，用寓情于景的手法，点出离恨；下片承离恨而来，通过高楼远眺，展现出词人望眼欲穿的神态。

　　全词大意：栏杆外的菊花笼罩在一层愁惨的烟雾中。兰花沾露，似乎是在哭泣。罗幕之间，透露着缕缕寒气，一双燕子向远方飞去。明月，不懂得离别之苦，斜斜的银辉，一直到拂晓还穿入朱户。昨天夜里，西风惨烈，凋零了绿树。我独自登上高楼，望尽那消失在天涯的小路，想给我的爱人寄一封信。但是，高山连绵，碧水无穷，不知道我的爱人身在何处。

　　这首词立意高远，情真意切，巧妙地表达了离愁别恨的心情。

生 查 子

欧阳修

去年元夜时，花市灯如昼。月上柳梢头，人约黄昏后。
今年元夜时，月与灯依旧。不见去年人，泪湿春衫袖。

作者简介：

  欧阳修，字永叔，号醉翁，晚号六一居士，庐陵（今江西吉安）人。北宋文学家、史学家，官至翰林学士，唐宋八大家之一，写了五百余篇散文，诗歌创作也很有特色。代表作为：《醉翁亭记》《秋声赋》《采桑子》《蝶恋花》，有《六一词》《洛阳牡丹记》等书传世。

赏析：

　　《生查子》是首约会词，写去年和情人相会的甜蜜与今日不见的痛苦。元夜是指农历正月十五，即元宵节。唐代以来有元夜观灯的风俗，给青年男女提供了一个良好的恋爱机会，在灯火阑珊处秘密相会。

　　全词大意：去年元宵节，灯光把花市照得像白天一样。黄昏时分，我在这繁华的地方，和心爱的人悄悄约会。今年元宵节，月亮与华灯依旧，却见不到去年相会的心上人，我伤心地流下眼泪，泪水打湿了衣服上的袖子。

　　这首词言简意赅，直率明了，感情真挚，穿透力强，成为千年约会第一词。"月上柳梢头，人约黄昏后"二句，言有尽而意无穷，柔情蜜意溢于言表。"不见去年人，泪湿春衫袖"二句将物是人非、旧情难续的感伤，表现得淋漓尽致。

浪 淘 沙

欧阳修

　　把酒祝东风，且共从容。垂杨紫陌洛城东。总是当时携手处，游遍芳丛。

　　聚散苦匆匆，此恨无穷。今年花胜去年红。可惜明年花更好，知与谁同？

赏析：

　　这首词是作者在洛阳东郊旧地重游时有感而作。上片由眼前美景而思去年同游之乐。下片由现境而思未来，含遗憾之情于其中，表现出对爱情的珍惜。"今年花胜去年红，可惜明年花更好"，将三年的花季加以比较，融别情于赏花，借喻人生的短促和聚时的欢娱，而并非"今年"的花，真的比"去年"更鲜艳，主要是用景写情，使词的意境更加深化，感情更加诚挚。

　　全词大意：举起酒杯，祝愿东风能够停留下来，共同参加聚会，一起欣赏这美好的春景。洛阳东郊，杨柳飞舞，鲜花盛开，这些都是过去和你携手共同游玩的地方。人生无常，聚散匆匆，离别的怨恨久久激荡在我的心田。今年的鲜花比去年红艳，希望你能够尽情观赏。明年的鲜花，可能比今年开得更好。但是，到了明年，我又能和谁来共同赏花呢？

　　词人旧地重游，赏春观花，触景生情，感叹人生聚散苦匆匆，好花不常开，好景不常在。体现了词人珍惜爱情、善待青春的人生感悟。

蝶 恋 花

欧阳修

庭院深深深几许？杨柳堆烟，帘幕无重数。玉勒雕鞍游冶处，楼高不见章台路。

雨横风狂三月暮。门掩黄昏，无计留春住。泪眼问花花不语，乱红飞过秋千去。

赏析：

　　这首词以生动的形象、清新的语言，含蓄委婉、深沉细腻地表现了思妇的内心感受，是闺怨词中的千古名作。

　　作者不写佳人，却写佳人居处。三叠"深"字，表明佳人被禁锢高门，内外隔绝，树多雾浓，帘幕严密。"章台路"指伊人"游冶处"，望而不见，正是由于宅深楼高，可见物质环境的华贵，也难以弥补感情的凄惨。望所欢而不见，感青春之难留，佳人眼中的情景，变得暗淡凄凉。花落而含泪，含泪而问花，花落而不语。伤花实则伤情，佳人与落花同一个命运，是花？是人？物我合一，情景交融。整首词如泣如诉，凄婉动人。

减字木兰花·春情

王安国

画桥流水，雨湿落红飞不起。月破黄昏，帘里余香马上闻。

徘徊不语，今夜梦魂何处去。不似垂杨，犹解飞花入洞房。

作者简介：

王安国，字平甫，临川（今江西东乡）人，王安石之弟，北宋政治家、诗人。《全宋词》收其词三首，有《王安国集》传世。

赏析：

　　以"春情"为题的词作，大都是写女子当春怀人的相思。然而，王安国这首词却是写一个男子对佳人的思而不见、爱而不得的愁情。

　　上片点明女子居处的精致华美、清静幽雅。春尽花残，爱花人，情已不堪，更何况急雨劲风又在摧残鲜花。"飞不起"三字，表现雨势的猛烈，展示残红狼藉的凄凉景象，点明主人公的心境也像落红沾雨般沉重。这种心情，源于伊人的悄然离去。从黄昏到月出，主人公长时间伫留不走，可见他对女子的一片痴情。"余香"二字，既描绘了女子的风姿容颜，也展现出屋里衣香胜如花的境界。

　　下片"何处去"三字，突出了主人公魂牵梦绕的焦点。香歇人去，光沉响绝，只有一人独自踯躅在路旁，形单影只。杨花有幸，反衬人的无缘。

临 江 仙

晏几道

梦后楼台高锁，酒醒帘幕低垂。去年春恨却来时。落花人独立，微雨燕双飞。

记得小蘋初见，两重心字罗衣。琵琶弦上说相思。当时明月在，曾照彩云归。

作者简介：

晏几道，字叔原，号小山，抚州临川（今江西南昌）人，晏殊第七子，宋代著名词人，历任颍昌府许田镇监、乾宁军通判、开封府判官等。《全宋词》收其词二百六十首，主要著作为《小山词》。

赏析：

这是晏几道的代表作之一，被选入《宋词三百首》。这首词写作者与恋人小苹离别后故地重游，引起的无限怀念，抒发挚爱之情。上片写人去楼空的寂寞景象，以及伤春伤别的凄凉。下片追忆初见小苹时温馨动人的一幕，表达明月依旧、物是人非的怅惘之情。

全词大意：醉梦醒来，只见楼台高锁，帘幕低垂。去年的"春愁情恨"又浮现在眼前，独自一人，站立在庭院当中，看片片落叶，见燕子双飞，倍感孤独寂寞。此时此刻，我又想起第一次见到小苹的情景，她穿着心字罗衣，弹起琵琶，诉说着心中的相思。我们在皎洁的月光下分别，小苹像一朵彩云，飘然而去。

这首词写出了对恋人小苹的深切怀念之情。全词感情真挚，意境凄迷，让人心醉。晏几道是千古风流的多情词人，可以说，非小晏之才，不能描绘出这样的意境；无小晏之痴，不能写出这样的情感。这种刻骨铭心的恋情，不知感动了多少有情人。

思 远 人

晏几道

红叶黄花秋意晚，千里念行客。飞云过尽，归鸿无信，何处寄书得。

泪弹不尽临窗滴，就砚旋研墨。渐写到别来，此情深处，红笺为无色。

赏析：

这是一首写闺中情思的词。上阕写晚秋引起思念远方行客的离愁。"飞云""归鸿"两句，表明只有云来雁去，却不见来信，写企盼之苦。下阕写以泪研墨的情形，"泪弹不尽"而滴入砚中，将一片深情表达得淋漓尽致。

全词大意：又是一个晚秋，树叶开始变红，黄黄的菊花，开遍了山野。此景此情，让我想起了远在千里之外的心上人。天边的云彩不断向远处飘去，归来的大雁也没有捎来他的消息。可是不知道她的地址，能往哪里寄信呢？我越想越伤心，禁不住靠在窗户边落泪。泪水滴到砚台上，就用泪水砚墨写信吧。写到动情之处，泪如涌泉，滴到信纸上，把信纸上的红色都褪尽了。

情人有泪不轻弹，只是未到伤心处。如果晏几道没有这种牵肠挂肚的深刻体验，是写不出这首催人泪下的好词的。词人把泪水、墨水、红纸都融进了相思之情，感情升华到了人物两忘的境界。

蝶 恋 花

晏几道

　　梦入江南烟水路，行尽江南，不与离人遇。睡里消魂无说处，觉来惆怅消魂误。

　　欲尽此情书尺素，浮雁沉鱼，终了无凭据。却倚缓弦歌别绪，断肠移破秦筝柱。

赏析：

这是一首闺怨词，抒写对心上人的相思之情。全词用白描手法写情态动作，生动传神，体现了小晏词"淡而有味，浅而有致"的独特风格。语言朴实，意境优美，情景交融，通篇不见一个"愁"字，却能在字里行间感受到词人的哀愁，将一片痴情表达得淋漓尽致。

全词大意：梦里又回到江南的烟波水路，走遍整个江南，始终都找不到分离后的心上人。梦里的悲伤和痛苦，无处倾诉，醒来更加惆怅，觉得自作多情真是耽误人。很想把这种恋情写进信中，但是雁飞蓝天，鱼沉浅底，没有谁替我把信寄出。于是借助古琴来抒发离别的相思之情，可是弹遍了所有琴弦，仍然消除不了满腔忧愁。

这首词构思巧妙，先写梦境，后写现实。不管是现实，还是梦境，都写得让人伤心，让人惆怅，感情表达得十分真挚。

鹧 鸪 天

晏几道

　　小令尊前见玉箫。银灯一曲太妖娆。歌中醉倒谁能恨，唱罢归来酒未消。

　　春悄悄，夜迢迢。碧云天共楚宫遥。梦魂惯得无拘检，又踏杨花过谢桥。

赏析：

　　这首词描写作者在一次春夜宴会上的惊艳情事。

　　春天的夜晚，在酒宴上词人第一次与她相遇，当两人的眼睛四目相对时，一股爱慕之情油然而生。室内灯火辉煌，她的歌声清丽婉转，她的风采美丽妖娆，在优美的歌声中痛饮至醉，也不感到后悔。她唱完之后，酒席就散了。词人回到家中，酒意未消，她的余音仍在耳边萦绕。对她的爱慕之情就像蜂蜜一样，早已甜在心间。春夜如此漫长，她却像那蓝蓝的夜空一样遥远。在酒席上受到约束，不能对她表白真情，只能在梦中表达。在梦中，词人踏着鲜花，走过小桥，无拘无束地与她约会。

　　"一见钟情"是两个人在目光相对的瞬间产生，心灵放电，感情共鸣，令人窒息，却又无法抗拒。不知不觉地爱上了她，却没有任何理由。不管你是单身一人，还是身在围城；不管你是少男少女，还是垂暮老人，都会有这种心动的体验，都会有灵魂被俘的感觉，都会从四目对视中读懂对方的心。"千古情圣"晏几道，正因为有过"一见钟情"的深刻体验，才能写下如醉如痴的爱恋，才能把魂牵梦绕的感觉用语言表达出来。

西江月·梅

苏 轼

　　玉骨那愁瘴雾，冰姿自有仙风。海仙时遣探芳<u>丛</u>，倒挂绿毛幺凤。

　　素面翻嫌粉涴，洗妆不褪唇红。高情已逐晓云空，不与梨花同梦。

作者简介：

　　苏轼，字子瞻，号"东坡居士"，世称"苏东坡"。眉州人，北宋诗人、词人、文学家，是豪放派词人的主要代表，"唐宋八大家"之一。在政治上属于旧党，但也有改革弊政的要求。其诗词题材广泛，内容丰富，现存诗词三千九百余首。代表作品有《水调歌头》《赤壁赋》《江城子》《记承天寺夜游》等。

赏析：

这是苏轼被贬惠州时所作。上阕通过赞扬梅花的高风亮节，来歌颂侍妾朝云不惧"瘴雾"而与词人一道来到岭南。下阕通过赞美梅花不施粉黛而光彩照人来写朝云天生丽质，描写朝云对自己的一往情深和互为知己的默契。

全词大意：她玉洁冰清的风骨，自然天成，哪里会去理睬那些瘴雾，自有一种仙人的风度。海上的仙人经常派遣来使探寻芬芳的花丛，这个使者原来是倒挂着绿羽装点的凤儿。她素色的面容，自然美丽。如果翻一下粉浼，如果洗去妆色，朱唇自然的红色同样不会褪去。她高尚的情操，已经追随白云，飘向天空，不会像王昌龄梦见梨花一样，再梦见梅花了。

这首词明为咏梅，实为悼亡，是苏轼为悼念追随自己多年的侍妾朝云而作。立意超凡脱俗，意境朦胧虚幻，寓意扑朔迷离，为苏轼婉约词中的代表。

蝶 恋 花

苏 轼

　　花褪残红青杏小。燕子飞时，绿水人家绕。枝上柳绵吹又少，天涯何处无芳草。

　　墙里秋千墙外道。墙外行人，墙里佳人笑。笑渐不闻声渐悄，多情却被无情恼。

赏析：

在这首词中，作者通过对残红退尽的暮春景色的描写，表达情感受挫的苦恼。

全词大意：暮春时节，鲜红的杏花开始凋零。青杏初结，春燕轻飞，绿水人家，清新如画，柳絮飘扬，芳草无边。墙里秋千高荡，佳人笑声飞扬，让多情的"墙外行人"心旷神怡，产生了爱慕之情。但是，"墙里佳人"并不知道"墙外行人"的多情，荡完秋千，翩然离去，让人无限烦恼。

少男钟情，少女怀春，本是司空见惯，不足为奇，但是词人却把多情男子的暗恋，写得妙趣横生，具有画龙点睛的艺术魅力。

江城子·乙卯正月二十日夜记梦

苏　轼

　　十年生死两茫茫。不思量，自难忘。千里孤坟，无处话凄凉。纵使相逢应不识，尘满面，鬓如霜。

　　夜来幽梦忽还乡。小轩窗，正梳妆。相顾无言，惟有泪千行。料得年年肠断处，明月夜，短松冈。

赏析：

　　这是苏轼悼念亡妻的词，表达难以忘怀的真挚情感和深沉的回忆。作者在密州（今山东诸城）任知州时写的这首词，妻子王弗在宋英宗治平二年死于开封，到此时（熙宁八年）为止，已整整十年之久。

　　全词大意：十年来，双方生死隔绝，什么都不知道了。就是我不特意去想，也难以忘怀！你的孤坟，远隔千里，我到哪里去诉说凄凉呢？假设我们再次相见，你也许认不出我了。因为我现在是满面灰尘，两鬓斑白如秋霜。夜里忽然梦见回到了家乡，你还同往常一样正在窗前梳妆打扮。我们互相望着，默默无言，只有泪如雨丝，不停地流淌。我想在千里之外，荒郊月夜的墓地里，你一定会年复一年因思念我而柔肠寸断。

　　苏轼的妻子虽然已经去世了十年，但词人怀念的伤痛，并没有因时间的流逝而淡化。"相顾无言，惟有泪千行"，这个"无声有泪"的细节特写，既真实生动，又达到了"此时无声胜有声"的艺术效果。

卜 算 子

李之仪

我住长江头，君住长江尾。日日思君不见君，共饮长江水。

此水几时休，此恨何时已。只愿君心似我心，定不负相思意。

作者简介：

　　李之仪，北宋词人，字端叔，自号姑溪居士，沧州无棣（庆云县）人。哲宗元祐初为枢密院编修官，通判原州。元祐末从苏轼于定州幕府，朝夕唱酬。元符中监内香药库，御史石豫参劾他曾为苏轼幕僚，不可以任京官，被停职。徽宗崇宁初提举河东常平。后因得罪权贵蔡京，除名编管太平州（今安徽当涂），后遇赦复官，晚年卜居当涂。著有《姑溪词》一卷、《姑溪居士前集》五十卷和《姑溪题跋》二卷。

赏析：

　　这是李之仪的一首代表作，富有民歌的艺术特色，被选入《宋词三百首》。

　　全词大意：我住在长江的上游，你住在长江的下游。我们虽然喝的是同一江水，但是，我天天想你，却见不到你。江水奔腾，昼夜不止。奔腾的江水，什么时候枯竭？我的思念，什么时候终结？只希望你对我的思念，能像我的心一样，坚定忠贞，我定然不会辜负你的一片深情。

　　这是一首爱情词，赞颂了女主人公对爱情的忠贞不渝。构思巧妙，情真意切，语言明快，写出了永恒的爱！江水悠悠，情思悠悠，让人感受到江水常流、爱情常在的动人意境。

江 城 子

秦 观

西城杨柳弄春柔，动离忧，泪难收。犹记多情、曾为系归舟。碧野朱桥当日事，人不见，水空流。

韶华不为少年留，恨悠悠，几时休？飞絮落花时候、一登楼。便作春江都是泪，流不尽，许多愁。

作者简介：

　　秦观，字少游，又字太虚，号邗沟居士，高邮人，世称淮海先生，北宋著名婉约派词人，官至太学博士，国史馆编修。秦观一生坎坷，所写诗词，寄托身世，感人至深，其词大多写男女情爱和抒发仕途失意的哀怨，文字精细，情韵兼胜，代表作有《鹊桥仙》《望海潮》《满庭芳》等。

赏析：

这是一首怀人伤别的佳作，作者虚化了具体的时空背景，由春愁、离恨写起，再写失恋之苦，仿佛将词人一生经历都浓缩在这首词中，具有很强的表现力和感染力，被选入《宋词三百首》。

上片从"弄春柔""系归舟"的杨柳，到勾起了对"当日事"的回忆，想起了两人在"碧野朱桥"相会的情景，抒发了"人不见"的离愁。下片写年华老去而产生的悠悠遗恨，表现了离愁的深长。这首词的巧妙之处在于将泪流、水流、恨流混合为一江春水，滔滔不尽地流泻，让人沉浸在感情的洪流中。

全词清丽典雅，蕴含着一丝淡淡的哀愁。试想，当年一对有情人，踏过红色的石桥，眺望春草萋萋的原野，在这儿话别，一切都记忆犹新。而今，风景依旧，物是人非，天各一方，让人不胜惆怅。

南 歌 子

秦 观

　　香墨弯弯画，燕脂淡淡匀。揉蓝衫子杏黄裙，独倚玉阑无语、点檀唇。

　　人去空流水，花飞半掩门。乱山何处觅行云？又是一钩新月、照黄昏。

赏析：

　　这首词主要写一个女子，在非常用心地把自己打扮得花枝招展之后，想起恋人不在身旁，有谁来欣赏呢？心中的烦恼油然而生，引起一番离愁。

　　全词大意：她用香墨，把眉毛画得弯弯，在脸上涂了一层淡淡的胭脂。杏黄色的裙子配着天蓝色的衣衫，独自一人倚靠在栏杆上，默默地将嘴唇染红。自从他走后，好像江水逝去，再也见不到行踪。她却半掩着门盼他归来。可情郎就像飘忽不定的云，如何能寻得到他的踪影呢？到了晚上，一轮新月挂在天边，可叹月圆人难圆，又是一个难熬的孤独黄昏。

　　"女为悦己者容，士为知己者死。""悦己者"已经远去，精心打扮就显得毫无意义，词人将失恋女子的形象刻画得十分生动，入木三分。

鹊 桥 仙

秦 观

纤云弄巧，飞星传恨，银汉迢迢暗渡。金风玉露一相逢，便胜却人间无数。

柔情似水，佳期如梦，忍顾鹊桥归路。两情若是久长时，又岂在朝朝暮暮。

赏析：

　　这是一曲纯情的爱情颂歌，上片写牛郎织女聚会，下片写他们的离别。全词爱恨交织，情景相融，化天上、人间为一体，优美的形象与深沉的感情相结合，讴歌了美好的爱情。尤其是末二句"两情若是久长时，又岂在朝朝暮暮"，使词的思想境界升华到一个崭新的高度，成为千古名句。

　　全词大意：轻柔多姿的云彩变换着美丽的图案，好像是灵巧的织女织出的锦缎。飞动的流星传递着牛郎和织女的离情别恨。在秋风白露的美好夜晚，牛郎和织女渡过迢迢银河，前来相会。虽然一年只有一次，却胜过人世间的无数次。牛郎和织女温柔的爱情，就像天河的水那样，绵延流长。可欢乐的相会，却是如此的匆忙，仿佛一场短梦，真不忍心去看那要分别的来路。只要彼此真心相爱，你我就经得起长期分离的考验，岂在乎这一朝一夕的离别。

　　"七夕"是一个美好而又充满神话色彩的节日，被称为中国的情人节。这个节日，是歌颂牛郎和织女动人心弦的爱情故事。这首词，表面是写天上的牛郎和织女，实际表达的是人间真情，天人合一，成为爱情绝唱。

蓦 山 溪

黄庭坚

鸳鸯翡翠，小小思珍偶。眉黛敛秋波，尽湖南、山明水秀。娉娉嫋嫋，恰似十三余，春未透，花枝瘦，正是愁时候。

寻花载酒，肯落谁人后。只恐远归来，绿成阴、青梅如豆。心期得处，每自不由人，长亭柳，君知否，千里犹回首？

作者简介：

　　黄庭坚，字鲁直，号山谷道人，晚号涪翁，又称豫章黄先生，洪州分宁（今江西修水）人，北宋诗人、词人、书法家，为盛极一时的江西诗派开山之祖。诗歌方面，他与苏轼并称为"苏黄"；书法方面，他与苏轼、米芾、蔡襄并称为"宋代四大家"；词作方面，与秦观并称"秦黄"。

赏析：

　　这是一首赠别的词。上片写情人陈湘的天生丽质，豆蔻年华，柔情脉脉，使人魂飞心醉。下片写词人载酒寻芳，临别伤怀，后约无期的怅惘心情。

　　鸳鸯、翡翠，皆偶禽。雄者为鸳，雌者为鸯。词人以远山的秋波，比喻陈湘的眉清目秀；以春花的娇嫩鲜艳，比喻陈湘的年轻貌美。含蓄而婉转地把陈湘的婀娜身段、锦绣年华描绘了出来。又以"透""瘦""愁"三字分别写出陈湘的情窦初开、纤细苗条和多愁善感，艳而不冶，媚而不妖，清丽乖巧。词人结识陈湘，唯恐不早。一种急于谋面的情感，溢于言表。词人遥想分别后聚少离多，等到再次相逢的那天，恐怕是花已成泥、叶已成土、果已满枝了。以柳的飘拂依人，比喻恋恋不舍。虽千里之外，依然频频回首，寻觅那美丽的倩影。

　　这首词语淡而情深，意浓而韵远，庄重而活泼，没有实际生活的体验，是无法写出心中的曲折；没有生花之妙笔，亦难以表达词人的多愁善感。

青 玉 案

贺 铸

凌波不过横塘路，但目送、芳尘去。锦瑟华年谁与度？月桥花院，琐窗朱户，只有春知处。

飞云冉冉蘅皋暮，彩笔新题断肠句。若问闲情都几许？一川烟草，满城风絮，梅子黄时雨。

作者简介：

　　贺铸，北宋词人，字方回，又名贺三愁，人称贺梅子，号庆湖遗老，卫州（今河南汲县）人。善诗文，尤长于词，风格多样，兼有豪放、婉约二派之长，代表作有《青玉案》《鹧鸪天》《芳心苦》等。

赏析：

这首词通过对暮春景色的描写，抒发作者的愁情。上片写路遇佳人而不知所往的惆怅情景；下片写爱慕引起的无限愁思，表达了积郁难抒的情怀。

从词的开头两句"凌波不过横塘路，但目送、芳尘去"看，大概是诗人偶然的一次机遇，认识了这位美貌女子。但美女再没有到横塘来，只留下了一个姗姗而去的背影。"凌波"不见，"芳尘"已渺，此时的画面上只有一个独自伫立的有情人。

在淡淡的忧愁中，词人透露出真情，产生了丰富的联想：美女的青春年华，将怎样度过呢？是在桥上踏月，是在院落赏花，还是在雕花窗子的朱阁里面呢。"只有春知处"一句，犹如从高山跌入深谷，刚才的美好想象只有春天才知道，反衬出词人的无奈。唉，一切都是自己的虚幻。

少 年 游

周邦彦

朝云漠漠散轻丝，楼阁淡春姿。柳泣花啼，九街泥重，门外燕飞迟。

而今丽日明金屋，春色在桃枝。不似当时，小桥冲雨，幽恨两人知。

作者简介：

  周邦彦，北宋著名词人，字美成，号清真居士，钱塘（今浙江杭州）人。精通音律，曾创作不少新词调，被称为"词家之冠"，作品多写闺情、羁旅，有《清真集》传世。

赏析：

这首词是周邦彦流寓荆州时所作。上片惜春怨别，情牵旧事；下片歌颂明媚春光，表达重聚的欢乐。

全词大意：回忆过去，朝云蒙蒙，细雨如丝，春色淡淡。你淡妆素裹，窈窕身姿，我们在小楼上相会。雨越下越大，四周的柳树和野花，好像在风雨中哭啼。门外的道路，十分泥泞。燕子的翅膀，被雨水淋湿，只能在低空中慢慢飞行，我们满怀伤痛地离别。现在，虽然我们两人同住金屋，风和日丽，桃花盛开，春光明媚，过着无忧无虑的生活，反倒没有以前那种难分难舍的感觉了。当初在风雨中离别时的痛苦和牵挂，只有我们两个人才能体会到。可惜，那种感觉，一去不复返了！

这首词语言清新，风味独特，真实细腻地表达了"失去的，永远最美；得到的，反觉平常"的独特感受。

风 流 子

周邦彦

新绿小池塘，风帘动、碎影舞斜阳。羡金屋去来，旧时巢
燕；土花缭绕，前度莓墙。绣阁里，凤帏深几许？听得理丝
簧。欲说又休，虑乖芳信；未歌先噎，愁转清觞。

遥知新妆了，开朱户，应自待月西厢。最苦梦魂，今宵不
到伊行。问甚时说与，佳音密耗，寄将秦镜，偷换韩香？天便
教人，霎时厮见何妨。

赏析：

　　这是一首表达相思之情的词。开头三句写初春的黄昏，点明时间地点。接下四句，写燕入金屋，却见不到心上人，只听到伊人弹琴吹簧的声音，倍感孤独。"欲说又休"等四句是忆旧，将当时两人欲言又止、欲说还休的情景生动展现。下阕写浓浓的思恋。"遥知新妆了"等三句是假想对方思念自己，就连梦中也难到达她的身边，盼望重叙旧欢。词的结尾，却把所有期待全部抛掉，诘问苍天：难道让我们"霎时厮见"都不行吗？全词由景而发，层层递进，将情写到极处，是相思词的上乘之作。

　　全词大意：我徘徊于池上，离心上人的居处不远，却无法见面。池水新涨，一片绿色。帘影映入水中，风摇影动，水面折光，随着斜阳返照，浮光跃金，奇丽壮观。燕子在去年筑过巢的屋梁上，又来筑巢；土花在以前长过的墙上，又在生长。它们都能隔年重临故处，而自己却不能重续旧欢。"丝簧"的声音像是误了佳期，满怀幽怨，无处倾诉。遥想伊人当年，晚妆停当，待月西厢，抬头盼我。我却无法赴会，连梦魂也难到达她的身边，非常苦闷。有情人不能相会，可能是天意吧！

　　不尤人，而怨天，可见怨极。怨极生悲，一股悲伤之情，油然而生。

四 园 竹

周邦彦

　　浮云护月，未放满朱扉。鼠摇暗壁，萤度破窗，偷入书帏。秋意浓，闲伫立，庭柯影里。好风襟袖先知。

　　夜何其。江南路绕重山，心知谩与前期。奈向灯前堕泪。肠断萧娘，旧日书辞。犹在纸。雁信绝，清宵梦又稀。

赏析：

　　这首《四园竹》是作者自创调，此调以平韵为主，上、去兼押。全词写秋夜怀人，由写景到抒情，由室内到室外，时空结合，曲折多变，层层递进，把思念之情表达得淋漓尽致。

　　"浮云"为了"护月"，轻轻将月亮遮住，没有让它照彻朱扉。听鼠摇暗壁，看萤度破窗，很是凄凉。万籁寂静之夜，词人耐不住寂寞，步出庭院，独立树荫。

　　词人夜深无眠。自己所怀念的伊人，在那江南重叠的山峦之间。当初相约重逢的誓言，已经荡然无存。随着时间的推移，情况的变化，相会再也不可能实现。不但音书杳茫，就连梦见她的次数也越来越少，让人肝肠寸断。

采桑子

吕本中

恨君不似江楼月，南北东西。南北东西，只有相随无别离。

恨君却似江楼月，暂满还亏。暂满还亏，待得团圆是几时？

作者简介：

吕本中，字居仁，世称东莱先生，寿州人，宋代诗人、词人、道学家。诗属江西派，著有《春秋集解》《紫微诗话》《东莱先生诗集》等，《全宋词》收录其二十七首。

赏析：

　　这是一首通过明月来倾诉离别之情的词。上片写分别后，只有天上的明月可以陪伴。下片以月亮的"暂满还亏"，比喻人的暂聚久别。全词用白描手法，颇具民歌风味，朴实纯真，感情真挚。结构上采取重章复沓的形式，具有回环跌宕、一唱三叹的艺术魅力。

　　全词大意：一轮明月挂江楼，可恨的是，心上人不似这轮明月。无论我从南到北，从东到西，月儿形影相随，永不分离。还是这轮明月，可气的是，心上人就像这轮明月。月儿圆了又缺，缺了又圆，圆缺轮回。我们聚了又离，离了又聚，聚散无常，等到何时，我们才能永久团圆？

醉太平·闺情

刘　过

情高意真，眉长鬓青。小楼明月调筝，写春风数声。

思君忆君，魂牵梦萦。翠销香暖云屏，更那堪酒醒！

作者简介：

　　刘过，南宋文学家，字改之，号龙洲道人，吉州太和（今江西泰和）人，长于庐陵（今江西吉安），去世于江苏昆山。四次应举不中，流落江湖，布衣终身。词风与辛弃疾相近，抒发抗金抱负，狂逸俊致，与刘克庄、刘辰翁称为"辛派三刘"，有《龙洲集》《龙洲词》传世。

赏析：

　　这是一首写相思忆别的词。上阕为下阕做铺垫，下阕是上阕的发展和深化。

　　全词大意：心上人情真意切，品格高洁，细长的眉毛，双垂的鬓发，俊俏美丽。她坐在月光下的小楼阁里，调弄古筝，悠悠的声音，诉说着春天的思绪。我想念你，惦记着你，朝思暮想，魂牵梦萦。绿色的轻纱销褪了颜色，云屏旁边的熏香减少，如何才能忍受这酒醒之后的孤独！

　　词的结尾，暗示这位多情女子曾经以酒浇愁，想在酒醉中解脱相思的困扰。但是，酒醒以后，离愁重新袭来，倍感惆怅，犹如"举杯浇愁愁更愁"一样，不仅不能消愁，反而更加痛苦。

钗 头 凤

陆 游

红酥手，黄縢酒。满城春色宫墙柳。东风恶，欢情薄。一怀愁绪，几年离索。错、错、错。

春如旧，人空瘦。泪痕红浥鲛绡透。桃花落，闲池阁。山盟虽在，锦书难托。莫、莫、莫！

作者简介：

陆游，字务观，号放翁，越州山阴（今浙江绍兴）人，南宋著名诗人。高宗时应礼部试，为秦桧所黜。孝宗时赐进士，中年入蜀，投身军旅生活，官至宝章阁待制。其一生笔耕不辍，存诗九千多首，内容极为丰富，与王安石、苏轼、黄庭坚并称"宋代四大诗人"，著有《剑南诗稿》《渭南文集》《南唐书》等。

赏析：

　　这首词写陆游与原配夫人唐婉的爱情悲剧。全词记述了陆游与唐婉离异后，在沈园的一次偶然相遇的情景。上片通过追忆往昔美满的爱情生活，感叹被迫离异的痛苦；下片由感慨往事回到现实，抒写夫妻离异的巨大哀痛。

　　全词大意：红润柔软的小手，捧出黄封的酒。满城荡漾着春天的景色，宫墙里摇曳着绿柳。东风是多么的可恶，把浓郁的欢情吹得那样稀薄。满怀着忧郁的愁绪，离别几年来的生活，十分萧索。回顾起来，都是错，错，错！

　　美丽的春景，依然如旧，人却因为相思，比以前显得更加消瘦。泪水洗尽了脸上的胭红，把红绸的手帕全都湿透。满园的桃花，已经凋落。幽雅的池塘，也已干涸。永远相爱的誓言虽在，可是锦书托谁投递。反复思考，只有莫，莫，莫！

　　全词用对比的手法，把往昔夫妻共同生活时的美好情景，与被迫离异后的凄楚心境进行对比，形成强烈的感情共鸣。

钗 头 凤

唐 婉

世情薄，人情恶，雨送黄昏花易落。晓风干，泪痕残。欲笺心事，独语斜阑。难，难，难！

人成各，今非昨，病魂常似秋千索。角声寒，夜阑珊。怕人寻问，咽泪装欢。瞒，瞒，瞒！

作者简介：

　　唐婉，字蕙仙，自幼文静灵秀，才华横溢。陆家曾以一只精美无比的家传凤钗作为信物，与唐家订亲。陆游二十岁与唐婉结合。不料唐婉的才华横溢与陆游的亲密感情，引起了陆母的强烈不满，陆母认为唐婉把儿子的前程耽误殆尽，遂命陆游休了唐婉，另娶一位温顺本分的王氏为妻。离异后，唐婉由家人做主，嫁给了同郡士人赵士程。

赏析：

　　这首词写唐婉与陆游的爱情悲剧，因有情人未成终生的眷属，唐婉后来改嫁赵士程，但内心仍思念陆游。在一次春游中，与陆游偶遇于沈园。唐婉征得赵士程同意，派人给陆游送去了酒肴。陆游感念旧情，怅恨不已，写了著名的《钗头凤》表达情意，唐婉则以这首词回赠相答。

　　全词大意：世态炎凉，人心险恶。黄昏时分，下着大雨，打落了片片桃花，这凄凉的情景，让人忧伤。晨风吹干了昨晚的泪痕，当我想把这心事写下来的时候，却怎么也写不出，只能倚着斜栏，自言自语地说话，希望你能够听见。想忘记以前我们一起度过的美好时光，难，难，难！

　　今时不同往日，咫尺天涯，人各一方。我现在身患重病，就像秋千索一样。夜风刺骨，彻体生寒，听着远方的角声，心中更生一层寒意。夜将尽，我也像这夜一样快完了吧？我怕人询问，忍住泪水，强颜欢笑。我想在别人面前，隐瞒我的病情，隐瞒我的悲伤，隐瞒对你的思念！可是，又能瞒得过谁呢？

江 梅 引

姜　夔

丙辰之冬，予留梁溪，将诣淮南不得，因梦思以述志。

人间离别易多时。见梅枝，忽相思。几度小窗幽梦手同携。今夜梦中无觅处，漫徘徊，寒侵被，尚未知。

湿红恨墨浅封题。宝筝空，无雁飞。俊游巷陌，算空有、古木斜晖。旧约扁舟，心事已成非。歌罢淮南春草赋，又萋萋。漂零客，泪满衣。

作者简介：

姜夔，字尧章，号白石道人，饶州鄱阳（今江西鄱阳）人。南宋词人，精音律，善书法。他少年孤贫，屡试不第，终生未仕，一生辗转江湖。其代表作为《暗香》《疏影》，有《白石道人歌曲》集传世。

赏析：

　　宋宁宗庆元二年冬，姜夔住在无锡梁溪张鉴的庄园里，正值园中蜡梅绽放，他见梅而怀念远在安徽合肥的恋人，因作此词。

　　全词大意：人世间的离别容易看重时节，看到寒冬中的蜡梅，相思之情油然而生。思而不见，只能在梦中寻觅。小窗之下，仿佛当年两人携手出游，荡舟赏灯，移筝拨弦，其乐融融。今夜却在凄凉的庭院中独自徘徊，非常悲痛，以至寒气侵入衾被，也感觉不到。薄薄香笺，含泪写成，无限伤心往事，尽在其中。可恨的是，书已成，而信难通。想起伊人当年弹筝情景，如今玉颜不见，那像飞雁的宝筝也踪影全无。旧日同游之地，恐怕巷陌依稀，物是人非。那斜阳枯树，徒增悲思。如今看来，泛舟同游的旧约已难实现，眼下冬将尽而草已青，春草萋萋，归期何时？梦已醒，人不归，泪下沾襟。

　　姜夔的恋情词，注重的不是声色描写，也不是行动描写，而是情感描写，反复倾诉那种难言的内心情感，以真挚感情见长。

踏莎行

姜夔

自沔东来，丁未元日至金陵，江上感梦而作。

燕燕轻盈，莺莺娇软。分明又向华胥见。夜长争得薄情知？春初早被相思染。

别后书辞，别时针线。离魂暗逐郎行远。淮南皓月冷千山，冥冥归去无人管。

赏析：

　　宋淳熙十四年，姜夔从沔州（今汉阳）去湖州，途经金陵时，梦见久别的恋人，写下了这首词。"燕燕""莺莺"即梦中之人，词人不仅在梦中与恋人倾诉相思，在梦后还重展恋人的书信，重抚她的针线，见物思人，触景生情，情真意切。姜夔年轻时往来于江淮，曾热恋合肥的一位琵琶歌女，二十年亦不能忘情，为此女所作诗词二十首，这是其中一首。

　　全词大意：燕子轻盈，黄莺娇媚。你的容貌，我看得非常分明，在梦中又一次与你相见。你埋怨我太无情，不理解你长久以来的相思之情，也体会不到你独守空房的寂寞，被相思折磨得无限悲伤。分别后，你给我的情书，我依然留着，我依旧穿着你亲手缝制的衣衫。你的身影，似乎一直暗暗伴随着我，来到了远方。淮南的寒冬腊月，万水千山一片寂静。你一个人在远方，孤苦伶仃，无人陪伴，该是多么的忧伤。

　　姜夔以绮丽俊俏之笔，抒写了一种永不忘却的深情，触动心灵，感人肺腑。

长 相 思

陈东甫

花深深，柳阴阴。度柳穿花觅信音，君心负妾心。

怨鸣琴，恨孤衾。钿誓钗盟何处寻？当初谁料今。

作者简介：

　　陈东甫，宋代词人，吴兴（今浙江）人。代表作有《望江南》《长相思》《谒金门》等。

赏析：

　　这是一首描写弃妇的怨词。篇幅短小，言简意赅，淋漓尽致地展示出女子的一片痴情，让人痛心。

　　全词大意：春花深深，杨柳荫荫。穿过柳林花丛，寻觅心上人的音讯。可是，心上人已背信弃义，让人肝肠寸断。无穷白昼，唯有寄孤愤于鸣琴。漫漫长夜，辗转反侧于孤衾。曾经的海誓山盟、甜言蜜语如今在哪里？当初谁能料到会有今天这凄凉的情景呢？

　　词句极短，而酸楚无穷。尤其是"钿誓钗盟何处寻"中的一个"寻"字，道尽女子的失落与不甘。追怀当日山盟海誓、信誓旦旦，如今全已幻灭。

浣 溪 沙

吴文英

门隔花深旧梦游，夕阳无语燕归愁。玉纤香动小帘钩。
落絮无声春堕泪，行云有影月含羞。东风临夜冷于秋。

作者简介：

吴文英，字君特，号梦窗，晚年又号觉翁，四明（今浙江宁波）人。一生未第，游幕终身，游踪所至，每有题咏。著有《梦窗词集》一部，存词三百四十余首。

赏析：

这是一首怀念情侣的梦游之作，被选入《宋词三百首》。上阕写无法相见，只得托于梦境，梦中却没见到佳人。下阕写"春堕泪"的无限伤心。"行云"是指所思佳人，"含羞"是说始终没能见面。全词营造出一种悲愁迷蒙的氛围，情景交融，情真意切，让人感慨。

全词大意：那道门，隔着深深的花丛。我的灵魂，总是在旧梦中寻游。夕阳默默无语，渐渐西下。归来的燕子，仿佛带着忧愁。一股幽香浮动，是她那纤纤玉指，扯起了小小的帘钩。坠落的柳絮，静静无声，春天的泪滴在飘零。浮云投下了暗影，明月含着羞容。夜晚东风降临，觉得比秋天还冷。

昔日情人，几多欢乐，而今分离，欲见不能。思之深，故形之于梦。词人不写回忆往昔如何，而写所梦情景，足见爱之深，恨之切。

风 入 松

吴文英

听风听雨过清明，愁草瘗花铭。楼前绿暗分携路，一丝柳，一寸柔情。料峭春寒中酒，交加晓梦啼莺。

西园日日扫林亭，依旧赏新晴。黄蜂频扑秋千索，有当时，纤手香凝。惆怅双鸳不到，幽阶一夜苔生。

赏析:

　　《风入松》为词牌名,源于唐代诗僧皎然《风入松》歌。西园在吴地,是作者和情人的寓所,二人在此分手,也是作者的悲欢离合交织之地。

　　全词大意:听着凄风苦雨的声音,我独自寂寞地过着清明。掩埋好遍地的落花,满怀忧愁,起草葬花之铭。楼前依依惜别的地方,如今已是一片浓密的绿荫。每一缕柳丝,都寄托着一分柔情。料峭的春寒中,我独自喝着闷酒,想借梦境去与心上人重逢,不料又被啼莺唤醒。西园的亭台和树林,每天我都去打扫,依旧到这里来欣赏美景。蜜蜂频频扑向你曾经荡过的秋千,绳索上还有你纤手留下的芳馨,你的倩影总是没有信音。幽寂的空阶上,一夜间长出的苔藓,早已青青。睹物思人,让人伤心。

　　这是一首怀人之词,质朴淡雅,不事雕琢,委婉细腻,情真意切。起句“听风听雨过清明”,貌似简单,但用意颇深,不仅点出时间,而且将内心细腻的感情勾勒了出来。第二句是伤春,第三、四句写伤别,第五、六句则是伤春与伤别的交融。全词形象丰满,意境深邃。

浣溪沙·感别

刘辰翁

点点疏林欲雪天，竹篱斜闭自清妍。为伊憔悴得人怜。
欲与那人携素手，粉香和泪落君前。相逢恨恨总无言。

作者简介：

　　刘辰翁，南宋著名爱国诗人，字会孟，别号须溪，庐陵灌溪（今江西吉安）人。他一生致力于文学创作和文学批评活动，为后人留下了丰厚的文化遗产，遗著由子刘将孙编为《须溪先生全集》。

赏析：

　　这是一首抒写男女别情的词。作者以细腻委婉的描绘，写出离别的凄凉意境；以通俗白描的语言，写出别后的悲痛心情；以淡雅简练的笔调，写出两人爱情的真挚。

　　全词大意：快要下雪的寒冬季节，我们在疏疏点点的树林中告别。"竹篱斜闭"的乡野，万木凋谢。因为思念而悲痛伤身，面容憔悴，引起了心上人的无限爱怜。想紧握你的素手，不让你走，却把眼泪洒在了你的面前。我们别后重逢，现在又要分离，长期的离恨之愁，短暂的重逢之喜，让人难受得说不出话来。

酷 相 思

程 垓

月挂霜林寒欲坠。正门外、催人起。奈离别如今真个是。欲住也、留无计。欲去也、来无计。

马上离魂衣上泪。各自个、供憔悴。问江路梅花开也未？春到也、须频寄。人到也、须频寄。

作者简介：

　　程垓，宋代词人，字正伯，眉山（今四川）人，撰有帝王君臣论及时务利害策五十篇，有《书舟词》传世。

赏析:

这是程垓的代表作之一。在宋金元词苑中，该词牌仅此一篇，曾选入《花草粹编》，其形式奥妙，写作难度大，不易效仿，所以后人填此词牌的很少。

上片写离别之痛。把"欲留不得、欲去不舍"的矛盾痛苦心情表达得淋漓尽致。起句"月挂霜林寒欲坠"，创造了一种将明未明、寒气袭人的气氛。本是梦乡甜蜜的清晨，却到了门外催人启程的时候。这种无可奈何的心情，通过"欲住也、留无计。欲去也、来无计"得以深刻表现。想不去，却找不到留下的借口；想留下，又想不出留下的办法。注定要分别了，以后很难相见，怎不让人黯然神伤。

下片写别后相思之深。词人先以"离魂""憔悴"等字眼表达相思之苦，以"春到""人到"和叠用"须频寄"，写尽双方感情之深、两地相思之苦。

这首词中，写景色的语言不多，更多的是抒情，语言朴实，不事夸张，却能将缠绵悱恻的情感娓娓道来，具有一种感人的力量。

鹧鸪天·别情

聂胜琼

　　玉惨花愁出凤城，莲花楼下柳青青。尊前一唱阳关曲，别个人人第五程。

　　寻好梦，梦难成，有谁知我此时情。枕前泪共阶前雨，隔个窗儿滴到明。

作者简介：

　　聂胜琼，北宋名妓，与李之问情笃。李之问归家分别五日，她以《鹧鸪天》词寄之。李妻见词而喜，助夫娶回为妾。《全宋词》仅存其词一首，即《鹧鸪天》。

赏析：

　　这是一首离别词。上阕写离别，下阕写相思，全词虚实结合，情景交融，感情真挚。

　　起句以送别入题，"玉惨花愁出凤城"，"玉"与"花"比喻作者自己，"惨"与"愁"表现分离的愁苦，表达词人凄凉的内心世界。她送别情人李之问，情意绵绵，愁思满怀。莲花楼是离别的地方，楼下青青的柳枝，与送行宴会上回荡的《阳关曲》相呼应，颤动着两人的心弦。一曲过后，心上人就要起程了。

　　离别是痛苦的，但别后更苦。词人希望分别后，能够在梦里见到心爱的人，但是好梦难成。词人把客观环境和主观情感相结合，把"阶前雨"与"枕前泪"相映衬，以无情的雨声，烘染相思的泪滴，窗内窗外，共同滴到天明，描绘出词人在雨夜那种强烈的孤独感与痛苦的相思之情。

长相思·雨

万俟咏

一声声，一更更。窗外芭蕉窗里灯，此时无限情。
梦难成，恨难平。不道愁人不喜听，空阶滴到明。

作者简介：

　　万俟咏，宋代词人，字雅言，号词隐、大梁词隐。存词二十七首，代表作有《雨》《山驿》。

赏析：

　　这是一首借听雨写愁情的词作。词人触景生情，借景抒情，表达了为情所困，倍受相思煎熬的痛苦。

　　全词大意：一声声稠密的雨柱，一更接一更地下个不停。窗内点着油灯，独自一人，听着窗外雨打蕉叶的声音，心潮澎湃，百感交集。知音难寻，好梦难圆，悔恨不已！窗外单调的雨声，不懂人的忧愁，下了一整夜，落到窗前的台阶上，"滴答、滴答"，一直响到天明。

　　这首词通篇没有一个"雨"字，写的却是夜雨之声，愁苦之情见于言外，含蓄蕴藉，深沉委婉。"一声声"描写雨的稠密，"一更更"描写雨的不绝，失眠者侧耳倾听、长夜难熬的情景就展现出来了。"空阶滴到明"中的一个"空"字，突出了寂寞孤苦之感，词人肯定是一夜未眠，否则怎会知道雨一直下到天明呢？

青玉案·元夕

辛弃疾

东风夜放花千树，更吹落，星如雨。宝马雕车香满路。凤箫声动，玉壶光转，一夜鱼龙舞。

蛾儿雪柳黄金缕，笑语盈盈暗香去。众里寻他千百度。蓦然回首，那人却在，灯火阑珊处。

作者简介：

辛弃疾，原字坦夫，改字幼安，别号稼轩，南宋爱国词人。辛弃疾艺术风格多样，以豪放为主，其词多抒写力图恢复国家统一的爱国热情，倾诉壮志难酬的悲愤，对当时执政者的屈辱求和颇多谴责，也有不少吟咏祖国河山的作品。题材广阔又善化用前人典故入词，风格沉雄豪迈又不乏细腻柔媚之处。人称词中之龙，与苏轼合称"苏辛"。

赏析：

这首词从描写元宵节绚丽多彩的热闹场面入手，反衬出一个孤高淡泊、超凡脱俗的女性形象，展示了一种不愿与世俗同流合污的高洁品格。

全词大意：正月十五元宵节，树上张灯结彩，布满各种花灯，好像东风吹开了万树鲜花。满天飞舞的烟花，似繁星洒落人间。十五的夜里，美女如云，她们坐着华贵的马车，香味弥漫一路。笛箫悠扬，令人心醉，明月当空，时光流转，一夜劲舞。尽情狂欢之后，身着华丽的美女们，说说笑笑，体态轻盈，暗香浮动，飘然而去。在熙熙攘攘的人群中，我千百次地寻找她的身影，结果在不经意间，蓦然回首，她独自一人，在远离众人之处。

西 江 月

司马光

宝髻松松挽就，铅华淡淡妆成。青烟翠雾罩轻盈，飞絮游丝无定。

相见争如不见，多情何似无情。笙歌散后酒初醒，深院月斜人静。

作者简介：

司马光，字君实，号迂叟，陕州夏县（今山西夏县）人，世称涑水先生，北宋史学家、文学家。历仕仁宗、英宗、神宗、哲宗四朝，卒赠太师、温国公，谥"文正"，为人温良谦恭、刚正不阿，做事用功刻苦、勤奋。以"日力不足，继之以夜"自诩，其人格堪称儒学中的典范，历来受人景仰。司马光主持编纂了中国历史上第一部编年体通史《资治通鉴》，还有《温国文正司马公文集》《稽古录》《涑水记闻》《潜虚》等著作传世。

赏析：

　　司马光的词作不多，遗留下来的只有三首，多系风情之作。这首词中的"相见争如不见，多情何似无情"，为千古名句。上片写宴会所遇舞妓的美姿，下片写对她的恋情。

　　上片开头两句，写舞妓的不同寻常：她并不浓妆艳抹，刻意修饰，只是松松地绾了一个云髻，薄薄地搽了点粉。次两句写出她的舞姿：青烟翠雾般的罗衣笼罩着她轻盈的体态，像柳絮游丝那样和柔纤丽，飘忽无定。

　　下片的头两句，转为舞妓的情感描写。"相见争如不见，有情何似无情"，表明见后反惹相思，不如不见。做人还是无情的好，人无情，就不会为情痛苦。最后两句，写席散酒醒之后的追思与怅惘。

　　全词大意：绾了一个松松的云髻，化上了淡淡的妆容。青烟翠雾般的罗衣，笼罩着她轻盈的身体。美人的舞姿就像飞絮和游丝一样，飘忽不定。此番一见，不如不见；自作多情，不如无情。笙歌散后，醉酒初醒，庭院深深，斜月高挂，四处无声。

　　这首词，寥寥数语把从惊艳、钟情到追念的全部过程都描绘出来了。写法别致，含蓄不尽，留下许多想象的空间。作者没有从正面描写舞妓的美丽，只是从发髻上、脸粉上，略加点染就勾勒出一个淡雅绝俗的美人形象。然后从体态、舞姿，进一步加以渲染，"飞絮游丝无定"，连用两个比喻把她轻歌曼舞的神态展现出来。当作者即席动情之后，从醉中醒来，月斜人静，一股惆怅之情油然而生。

南 柯 子

范成大

怅望梅花驿，凝情杜若洲。香云低处有高楼，可惜高楼不近木兰舟。

缄素双鱼远，题红片叶秋。欲凭江水寄离愁，江已东流那肯更西流。

作者简介：

　　范成大，南宋诗人、词人，字至能，号石湖居士，吴县（今江苏）人。绍兴二十四年进士，调徽州司户参军。乾道六年，作为泛使出使金国，撰《揽辔录》一卷，记北行经历及金廷所见。著有《石湖大全集》一百二十六卷，已佚。今存《石湖诗集》三十四卷、《吴郡志》五十卷。

赏析：

　　这是一首抒发离情的词。上阕从男主人公起笔，下阕则落在女主人公身上，两阕遥相呼应，如倾如诉。

　　作者先从描写情态入手。"怅望梅花驿"，是陆凯赠范晔诗"折梅逢驿使，寄与陇头人"中的典故，说欲得伊人所寄之梅，以寄伊人，却无从寄去，徒然凝情而望。来鸿不见，去雁难留，距离阻隔了一对情人，无法相聚。作者用白描的手法，恰如一组逐渐推近的电视镜头，在令人失望的结局上定了格。

　　如果说男主人公的愁绪是悠长缠绵的话，那么，女主人公的思念就显得炽热急切，字里行间，流露出坐卧不安、百般无奈的心理。"缄素""题红"两句，用的是书信传情的典故。"远""秋"二字，巧妙地点出了她与情人之间音讯断绝的忧愁。焦虑而痛苦的女主人公，把唯一的希望寄托于伴着情人远行的江水，愿江水能带去她的思念。然而，那不肯回头的江水，带走的却是姑娘的失望，最终这段爱情以悲剧作结。

摸鱼儿·雁丘词

元好问

乙丑岁赴试并州，道逢捕雁者云："今旦获一雁，杀之矣。其脱网者悲鸣不能去，竟自投于地而死。"予因买得之，葬之汾水之上，垒石为识，号曰"雁丘"。同行者多为赋诗，予亦有《雁丘词》。旧所作无宫商，今改定之。

问世间，情是何物，直教生死相许？天南地北双飞客，老翅几回寒暑。欢乐趣，离别苦，就中更有痴儿女。君应有语：渺万里层云，千山暮雪，只影向谁去？

横汾路，寂寞当年箫鼓，荒烟依旧平楚。招魂楚些何嗟及，山鬼暗啼风雨。天也妒，未信与，莺儿燕子俱黄土。千秋万古，为留待骚人，狂歌痛饮，来访雁丘处。

作者简介：

元好问，宋金时期金国人，著名诗人、词人。字裕之，号遗山，太原秀容（今山西忻州）人。工诗文，诗词风格沉郁，多伤时感事之作。其《论诗》绝句三十首，在中国文学批评史上颇有地位，著有《遗山集》，编有《中州集》。

赏析：

　　这是元好问的代表作。作者以丰富的想象、拟人的艺术手法，对大雁殉情而死的故事，展开了深入细致的描绘，塑造了忠于爱情、生死相许的艺术形象，谱写了一曲凄婉缠绵的爱情悲歌，是歌颂忠贞爱情的佳词，而"问世间，情是何物，直教生死相许"一句，更成为千古经典，传唱至今。

　　全词大意：天啊，请问世间的各位，爱情究竟是什么，竟会让这两只飞雁以生死来对待？南飞北归，再遥远的路程都比翼双飞，共同度过多少个冬寒夏暑，相依为命，恩爱依旧。比翼双飞，非常快乐；生死离别，楚痛难受。此刻，才知道这痴情的双雁，竟比人间男女更加痴情！相依相伴的情侣已逝，真情的雁儿心里知道，此去万里，形孤影单，前程渺茫，路途漫漫，每年寒暑，飞越万里千山，晨风暮雪，失去一生的至爱，即使苟且活下去，又有什么意义呢？这汾水一带，当年是汉武帝巡幸游乐的地方。每当武帝出巡，总是箫鼓喧天，棹歌四起，何等热闹，而今却是冷烟衰草，一派萧条。武帝已死，招魂也无济于事。女山神枉自悲啼，而死者不会再来。双雁生死相许的深情，连上天也嫉妒。殉情的大雁，绝不会和莺儿燕子一般，死后化为一堆黄土，将会留得生前身后的美名，与世长存。千秋万古，也会有像我一样"钟于情"的文人墨客，狂歌纵酒，寻访雁丘坟地，祭奠这一对爱侣的亡灵。

　　这首词名为咏物，实为抒情，以对大雁惨死的描写，抒发对男女纯真爱情的礼赞。词中以帝王盛典的消逝，反衬雁丘之长存，表明纯真爱情有着至高无上的地位，歌颂其忠于爱情的精神不朽。全词清丽淳朴，情真意切，具有很高的艺术价值。

清 平 乐

元好问

离肠宛转，瘦觉妆痕浅。飞去飞来双语燕，消息知郎近远。

楼前小雨珊珊，海棠帘幕轻寒。杜宇一声春去，树头无数青山。

赏析：

　　这是一首相思词。女主人公因相思而消瘦，容光顿减，黯然失色，听燕子呢喃，就想询问郎君行踪，足见女子的一片痴情。

　　上片交代主人公的身份，点明相思主题。她，孤独寂寞，慵倦无聊，面色憔悴。作者以女主人公为观察点，使用"主观镜头"：女子看到飞来飞去呢喃细语的燕子，不禁发出痴想，会飞的燕子，你们知道郎君的行踪吗？

　　下片由室内转向室外，隔着帘幕，看到细细的雨丝，织成一片迷惘的愁绪。海棠花在雨中寂寞地开着，水珠晶莹如泪光。远处传来杜鹃的啼叫，循声望去，不见郎踪，只有远处的一抹青山，笼罩在茫茫烟雨之中。这种精细的观察点，如同一根潜隐的情丝，把一个个画面连成一体，更深切地感受到那份孤独和冷清。

　　"杜宇"就是杜鹃，是历来文人墨客倾注情感最多的一种生灵，因为它有一个美丽伤感的"杜鹃滴血"的传说，它那悲切的啼叫，总是出现在花事凋零的暮春时节。元好问这首写儿女柔情的小词，风态绰约，楚楚可人，让人过目不忘。

元曲**篇**

元曲来自"蕃曲""胡乐",先在民间流传,被称为"街市小令"或"村坊小调"。随着元朝的兴起,元曲先后在大都(今北京)和临安(今杭州)为中心的南北广大地区传播开来。元曲是中华民族文化宝库中的一朵灿烂花朵,它独具特色,和唐诗、宋词鼎足并举,成为我国文学史上又一座重要的里程碑。

元曲虽有定格,但并不死板,允许在定格中加衬字,部分曲牌还可增句,押韵上允许平仄通押,同一首"曲牌"的两首曲,有时字数不一样。元曲有着它独特的魅力:一方面,元曲继承了诗词的清丽婉转;另一方面,元代政治专权,社会黑暗,使元曲放射出战斗的光彩,透出反抗的情绪。元曲中描写爱情的作品也更泼辣、更大胆,具有独特的艺术魅力。元曲的兴起,对于我国民族诗歌的发展、文化的繁荣有着深远的影响和卓越的贡献。

元曲作家中留有姓名的共二百二十多人,流传至今的作品有四千五百多首,其中小令三千八百多首,套数四百七十余套,杂剧一百六十余部。

元曲描写爱情的名篇很多,本书精选了《四块玉·别情》《一半儿·题情》等,供大家欣赏传诵。

【南吕】 四块玉·别情

关汉卿

自送别，心难舍，一点相思几时绝？
凭阑袖拂杨花雪。
溪又斜，山又遮，人去也！

作者简介：

　　关汉卿，号已斋，元代杂剧作家，中国古代戏曲创作的代表人物，解州人（今山西运城），与马致远、郑光祖、白朴并称为"元曲四大家"。以杂剧的成就最大，写了六十多种，今存十八种，著名的有《窦娥冤》。关汉卿也写了不少历史剧，如《单刀会》《西蜀梦》等，散曲小令四十多首。被誉为"曲家圣人"。

赏析：

这首曲写女子的相思之情。

全曲大意：自从那天送你远去，我心里总是难分难舍。记得送别时，我斜倚着栏杆，目送你远行。我用衣袖，拂去如雪的杨花，以免妨碍视线。然而你的身影，最终还是看不见了，只有那弯弯曲曲的小溪向东缓缓流去。重重的山峦，遮住了你远行的道路，我才意识到自己的爱人，真的走远了。

情人离别后，女子恋情难舍，悲痛欲绝，再次登高眺望他离去的背影，却被关山阻隔，让她肝肠寸断。寥寥数语，将内心的痛苦表现得淋漓尽致。

【仙吕】一半儿·题情

关汉卿

碧纱窗外静无人，跪在床前忙要亲。
骂了个负心回转身。
虽是我话儿嗔，一半儿推辞一半儿肯。

赏析：

开篇写一对青年男女幽会的环境。因为"无人"，所以"静"，为两情欢悦提供了条件。于是，那一位热情似火的男子迫不及待地抓住这难得的机会，"跪在床前忙要亲"。男子的感情表露很直接，很外露，也很急躁，就是这一个"忙"字，把男子的神态淋漓尽致地展现了出来，可谓一字千金，一览无余。

如果这时女子也急忙草率就范，那就是这首曲的败笔了，这也不能体现中国文化的含蓄底蕴。当一个男子向一个女子求爱的时候，女子首先想到的是伤痛，是一种潜意识的反应。此时女子不假思索地骂了个"负心"。转过身后，女子却说："刚才我的话，只不过是娇嗔之语，你且莫见怪就是了。"接下来就进入了"一半儿推辞一半儿肯"的欢爱境地。这是全曲的点睛之笔，如果一味推辞，就失去了爱情的魅力。反之，一见面就行欢爱之事，就显得太急促和草率。

【双调】大德歌·秋

关汉卿

风飘飘，雨潇潇，便做陈抟睡不着。
懊恼伤怀抱，扑簌簌泪点抛。
秋蝉儿噪罢寒蛩儿叫，淅零零细雨打芭蕉。

赏析:

这首曲描写女主人公因怀念远人而引起的烦恼,曲子从秋景写起,又以秋景作结,中间由物及人,由人及物,情景交融,极大地提高了艺术感染力。

起首三句写风,写雨,写长夜不眠,由景入情,直抒胸臆。"飘飘""潇潇"双声叠韵,意蕴悠长,倍增空寂之情。四、五句写女主人公的愁苦心情。在准确捕捉这一典型细节后留下空间,让读者产生联想。最后二句继续写景,景语皆情语,蝉噪蛩鸣,雨打芭蕉,进一步凸现女主人的心境。她的忧思势如潮涌,冲决了感情的堤坝,伤心的泪水扑簌簌地落下。

全曲大意:寒风飘飘,冷雨潇潇,就是那特别能睡的陈抟,现在也睡不着。说不完的烦恼,诉不尽的愁苦,伤心的泪水像断了线的珍珠一样飞抛。秋蝉烦噪罢了,蟋蟀又叫,淅淅沥沥的细雨轻打着芭蕉。

这首曲通过自然界的秋声,描写人物心灵的感受,声情并茂,直率中见委婉,委婉中见真情。

【双调】大德歌·春

关汉卿

子规啼，不如归，道是春归人未归。
几日添憔悴，虚飘飘柳絮飞。
一春鱼雁无消息，则见双燕斗衔泥。

赏析：

这首曲描写一位女子久盼情人归来，而屡屡失望的相思之苦。

全曲以"归"为诗眼。第一句"子规啼"，因鸟的声音像"不如归去"，引发女子的思念之情。二、三句妙用三个"归"字，贴切，自然，流畅，表达出真挚的情感。在飘飘柳絮的衬托之下，"添"字更是点睛之笔，准确描绘了女子因"思"而起的恍惚神态。末句写景，以双燕衔泥营巢，反衬了女子的孤独。

全曲大意：春天的杜鹃叫了，好像在说"不如归去"。一声声地在女子耳边回响，触动了她思念远人的情怀。你走的时候，说春天一定回来，现在春天早已到了，却不见你的踪影。盼人，人不归，精神饱受折磨，日渐憔悴，就像那虚飘飘的柳絮，无所适从。我等你整整一个春天，却一点消息也没有。看见双燕衔泥，修筑爱巢，此情此景，怎么不让人难受。

【中吕】阳春曲·题情

白 朴

从来好事天生俭，
自古瓜儿苦后甜。
奶娘催逼紧拘钳，
甚是严，
越间阻越情忺。

作者简介：

　　白朴，原名恒，后改名朴，字太素，号兰谷，元代著名文学家、曲作家、杂剧家。祖籍隩州（今山西河曲），后徙居真定（今河北正定），晚岁寓居金陵（今南京市），终身未仕。他与关汉卿、马致远、郑光祖并称为"元曲四大家"。代表作有《唐明皇秋夜梧桐雨》《裴少俊墙头马上》《董月英花月东墙记》等。

赏析：

白朴这一组曲子名曰《题情》，共六首，此曲是第四首，表现一位少女反抗封建礼教、追求美好爱情的强烈愿望。全曲语言质朴，颇具民歌小调色彩。

"从来好事天生俭，自古瓜儿苦后甜"两句，说明任何好事都像瓜儿一样，先苦后甜，历经磨难，方能成功。"奶娘催逼紧拘钳，甚是严，越间阻越情忺"三句，表明这位少女居于深闺，从小就被家长严加看管。但是追求爱情是人的天性，对美好爱情的向往，是关锁不住的。这位少女的态度极为分明，口吻犀利，描绘了一个冲破管制约束、追求幸福的少女形象。

【双调】沉醉东风·春情

徐再思

一自多才间阔，几时盼得成合？
今日个猛见他门前过，得唤着怕人瞧科。
我这里高唱当时《水调歌》，要识得声音是我。

作者简介：

　　徐再思，字德可，元代散曲家，浙江嘉兴人，曾任嘉兴路吏，因喜食甘饴，故号甜斋。作品与当时自号酸斋的贯云石齐名，被称为"酸甜乐府"。后人将二人散曲合为一编，世称《酸甜乐府》，收有他的小令一百零三首。

242

赏析:

这是一首风趣的元曲,把怀春少女与心上人分别多日而骤然相见的情景生动传神地勾勒出来,塑造了一个活泼纯真、热情聪慧的少女形象。

"多才"是古时对所爱之人的称呼,"几时"两字表现出思念得急切。"猛见他"的"猛"字,反映出相见的意外惊喜。但情郎并未看见她,惊喜之余又感到不足和不安。由此引出第五句:"得唤着怕人瞧科。"想奔出去喊他,又怕别人看见,非常着急。少女急中生智,高声唱起旧日的情歌,结果到底如何,留给读者去想象。姑娘的机灵、热情、大胆、纯真,都在这放声歌唱的瞬间得到淋漓尽致的展现。

全曲大意:自从与他分别后,日夜盼望再相会。今日突然见他从门前走过,想召唤他,又怕被别人发现。我故意高声唱昔日唱过的水调情歌,凭着熟悉的声音,心上人一定会回头来找我。

【双调】蟾宫曲·春情

徐再思

平生不会相思，才会相思，便害相思。
身似浮云，心如飞絮，气若游丝。
空一缕余香在此，盼千金游子何之。
证候来时，正是何时？
灯半昏时，月半明时。

赏析：

　　一位情窦初开的少女形象，被作者的生花妙笔描绘得栩栩如生。

　　"身似浮云"，表明少女因思念心爱的人而变得恍恍惚惚。"心如飞絮"，表明她心神不定，总是胡思乱想。"气若游丝"，表明她的身体被相思折磨得极度虚弱，几乎奄奄一息。这位痴情少女的魂灵儿早就飞走了，她甚至感觉不到自己身体的存在，好像只剩下一缕余香，日夜盼望着心爱的人早日归来。最难捱的还是夜深人静、月半明时，那种痛苦，更是无法用语言表达。

　　此篇连用叠韵，妙语连珠，婉转流畅，堪称写情神品。

【商调】梧叶儿·春思

徐再思

芳草思南浦，行云梦楚阳，流水恨潇湘。
花底春莺燕，钗头金凤凰，被面绣鸳鸯：
是几等儿眠思梦想。

赏析：

这首小令，写一位女子在春天思念情郎的情景，是徐再思的代表作之一。

"芳草思南浦"，是追忆与情人的分别，想起在南浦分别时芳草连天的景色。"行云梦楚阳"，写昔日与情人一起的欢爱。"流水恨潇湘"，写离别之恨。女主人公心情烦闷，想借赏春排愁，眼前春光明媚，莺歌燕舞，却勾起了她的情思，不禁顾影自怜，于是走进卧室，想在春睡中暂时忘却烦恼。可是，被子上所绣的一对鸳鸯，又让她触景生情，孤单一人，睡梦也凄凉难受，唉，相思是何等的痛苦呀！

全曲大意：片片芳草，让我想起分离时的南浦。白云飘飘，让我梦回楚阳。滔滔流水，牵动我别恨潇湘。莺歌燕舞花开时，钗头正伴金凤凰，被面上成双成对的鸳鸯。谁能知道我深深的愁思梦想？

【水仙子】春 情

徐再思

九分恩爱九分忧，两处相思两处愁，十年迤逗十年受。
几遍成几遍休，半点事半点惭羞。
三秋恨三秋感旧，三春怨三春病酒，一世害一世风流。

赏析：

　　这是一首闺怨曲。此曲的关键句是"几遍成几遍休"，说明两人的爱情经历反反复复，也许是外来因素的干扰阻隔，也许是双方的误会冲突，也许……

　　全曲大意：有九分厚的恩爱情意，就有九分深的忧思痛楚。有两地的牵挂思念，就有两人的相思情愁。有十年来的爱意倾诉，就有十年来的相思需要承受。这其间的爱情，有顺心的时候，也有反复的时候，想起那些不顺心的事，没有一样不叫人惭愧、害羞。我真是怕过秋天，秋天让人伤情，叫人生恨，令人怀旧。同时，我也怕春天来临，春天惹人生怨，为遣春情，只有借酒浇愁，可又不胜酒力，为此常常病倒，身体也越来越瘦弱。唉，有什么办法呢，天生就这么个风流性子，也只好自作自受。

【中吕】十二月过尧民歌·别情

王实甫

自别后遥山隐隐，更那堪远水粼粼。
见杨柳飞绵滚滚，对桃花醉脸醺醺。
透内阁香风阵阵，掩重门暮雨纷纷。
怕黄昏忽地又黄昏，不销魂怎地不销魂？
新啼痕压旧啼痕，断肠人忆断肠人。
今春香肌瘦几分，缕带宽三寸。

作者简介：

　　王实甫，名德信，定兴人，元代散曲家。著有杂剧十四种，现存《西厢记》《丽春堂》《破窑记》三种。

赏析：

　　这是一首描写女子相思的曲子。全曲借景抒情，山、水、桃、柳、内阁、重门无不紧系思念之情。

　　全曲大意：自从和你分别后，望不尽远山层叠迷蒙，更难忍受粼粼的江水奔流不回，看见柳絮纷飞，绵涛滚滚，面对灿烂桃花，痴醉得脸生红晕。闺房里透出香风一阵阵，重门深掩到黄昏，听雨声点点滴滴，敲打着房门。怕黄昏到来，却偏偏匆匆来临，不想失魂落魄，又怎能叫人不伤心？旧的泪痕未干，又添了新的伤痕，断肠人常挂念断肠人。要知道今年春天，我的身体又瘦了多少，看看衣带就知道了，宽出了原来的三寸。

　　本曲用"自别后"三字总领全篇。曲的前半部分，一连推出三组工整对仗的句式，从与别情有关的遥山、远水、杨柳、桃花入手，刻意渲染环境，为写重门内的闺怨做铺垫。其中叠词"隐隐""粼粼""滚滚""醺醺""阵阵""纷纷"，尤其形象生动，巧妙地体现了悱恻幽怨的情感氛围。曲的后半部分，一口气用四个连环句，格调和谐优美，表达了女主人公孤独伤感的情怀。

【双调】潘妃曲

商 挺

带月披星担惊怕，久立纱窗下。
等候他，蓦听得门外地皮儿踏。
则道是冤家，原来风动荼蘼架。

作者简介：

　　商挺，字孟卿，曹州济阴人，宋末元初散曲家。精于书画，能诗善曲，散曲现存十九首，有《彝斋文集》传世。

赏析:

　　这首曲生动地描绘了一位热恋少女的形象。她趁着微弱的星光月色，担惊受怕地伫立在纱窗下，等候自己的心上人，以倾诉衷肠。露凉夜冷，企盼心切，焦灼不安。正在这殷殷期待之时，猛然听到门外传来了脚步声，少女的心禁不住一阵狂跳，以为是心上人来了，定睛一看，却不见人影，刚才误听为脚步声的，原来是风吹动荼蘼架所发出的声音。

　　全曲大意：整天为心上人担惊受怕，长久地伫立在纱窗下，等候他。猛然间听到门外脚步声儿踏踏，以为是我所爱的他，却原来是风儿吹动了荼蘼架。

　　此曲把一位多情少女等候心上人那种惊喜、恐慌的情景，生动地展现出来。

【中吕】阳春曲·别情

王伯成

多情去后香留枕，好梦回时冷透衾。
闷愁山重海来深。
独自寝，夜雨百年心。

作者简介：

王伯成，元曲作家，涿州（今河北涿县）人。作杂剧三种，现存《李太白贬夜郎》《兴刘灭项》《天宝遗事》。

赏析：

这是一首抒写别情的小曲。

雨夜，在梦中思念情人的男子刚刚醒来，才想到情人已不在身边，只有枕边留下的残香做伴。盖着被子，主人公仍感到寒冷，主要是心中的凄冷导致，体现了相思之情的浓烈。

全曲大意：情人离去之后，余香还留在枕边。好梦醒来时，被褥冷气袭人。苦闷忧愁，像重山一般长，像大海一样深。独自入睡，夜雨滴滴，敲打着心中百年不变的思念。

【中吕】红绣鞋·欢情

贯云石

挨着靠着云窗同坐，
偎着抱着月枕双歌，
听着数着愁着怕着早四更过。
四更过情未足，情未足夜如梭。
天哪，更闰一更儿妨甚么！

作者简介：

　　贯云石，字浮岑，号成斋、疏仙、酸斋，元代散曲家。仁宗时拜翰林侍读学士、中奉大夫，知制诰同修国史，不久称疾辞官，隐于杭州一带，改名"易服"，在钱塘卖药为生，自号"芦花道人"。与当时号"甜斋"的徐再思齐名，都擅长乐府，世称"酸甜乐府"。

赏析：

这是一首写男女欢会的曲子，全曲情景交融，形象生动，大胆泼辣。

前二句写这对恋人从"挨着、靠着"到"偎着、抱着"，从同坐到同枕，把他们整夜缠绵炽热的情态描绘得活灵活现。

第三句从恋人听着、数着更鼓，到愁听更鼓，再到怕听更鼓，细致地表现出两人心理变化的过程。选用"四更"这天色欲亮未亮，恋人将别未别的时间，表达了他们矛盾的心理。前三句，叠用八个动词，八个衬字，俏皮活泼，生动有趣。

第四、五句，用"顶针"的手法，一句顶接一句，渲染恋人春宵苦短的烦躁不安心情，具有强烈的感染力。

最后一句，写恋人用反问的口吻，希望老天爷"更闰一更"。这看似既无理又天真的要求，恰好表达恋人们爱得热烈，爱得真挚。

【越调】天净沙·即事

乔 吉

莺莺燕燕春春，花花柳柳真真。
事事风风韵韵。
娇娇嫩嫩，停停当当人人。

作者简介：

乔吉，字梦符，号笙鹤翁，又号惺惺道人，太原人，后流寓杭州，元代杂剧家、散曲家。他的作品见于《元曲选》《古名家杂剧》《柳枝集》等集中，现存小令二百余首，套曲十一首。

赏析：

　　《即事》系叠字小曲，二十八字全用叠字，可谓妙语天成，自然
通俗，作者采用白描手法，写出久别重逢的喜悦心情，也写出了心
上人的娇柔可爱。

　　前两句用春天的莺燕双飞双舞、花柳婆娑多姿，形容两情相悦
的美好。后两句赞美女子言谈举止都很有风度，既富于韵致，又娇
美靓丽，端端正正，一切恰到好处。全曲音韵和谐，语带双关，言
简意丰，极具特色。

　　全曲大意：一只只黄莺，一只只春燕，一个个美好的春日。一
朵朵红花，一条条绿柳，真真切切迷人。心上人的行为举止，一言
一事，都富有风韵。她，娇嫩多情，体态完美，举止优雅，绝色
佳人。

【双调】落梅风·春情

张可久

秋千院，拜扫天，
柳阴中躲莺藏燕。
掩霜纨递将诗半篇，
怕帘外卖花人见。

赏析：

　　这首曲描写一位少女与情人约会的情景。"秋千院"是闺中女子游戏的庭院。"拜扫天"即清明前后的几天。前两句交代地点、时间，都与芳春密不可分，为"春情"的展开做了铺垫。"柳阴"一句，更是意境丰富。阳春三月，柳荫中莺燕躲躲藏藏，柳荫外一对情人遮遮掩掩相会。"掩霜纨"的动作非常传神，将女子在幽会时又羞又怕的情态表现得栩栩如生。而"诗半篇"说明脉脉之情难以尽诉，又"怕帘外卖花人见"，越是担惊受怕，越能体现她初涉爱河的娇羞。

　　全曲大意：还是那竖着秋千架的小院，还是那祭坟扫墓的阳春三月，柳树荫间，不时传出燕语莺啭。她抬起白色的衣袖遮掩，悄悄地递出一幅诗笺送给心上人。怕只怕，被窗外的卖花人看见。

【中吕】朝天子·闺情

张可久

与谁，画眉？猜破风流谜。
铜驼苍里玉骢嘶，夜半归来醉。
小意收拾，怪胆禁持，不识羞谁似你！
自知理亏，灯下和衣而睡。

赏析：

　　这支曲子以一位女子的口吻，讲述爱情生活中的一个小插曲。她在夜里等丈夫回家，丈夫酒醉夜归，受她的责备。全曲虽然篇幅短小，但写得颇为生动。女子的猜忌、埋怨，丈夫先硬后软又不肯认错的神态，表现得惟妙惟肖。

　　全曲大意：给谁在画眉？猜破了你的风流谜底。听到铜驼巷里玉骢马在嘶鸣，就知道你回来了，半夜回家时喝得烂醉。小心地为你收拾，你还装模作样，摆个臭架子，谁像你？不知道害羞！自己知道理亏了，就在灯下和衣而睡。

【双调】殿前欢·离思

张可久

月笼沙，十年心事付琵琶。
相思懒看帏画，人在天涯。
春残豆蔻花，情寄鸳鸯帕，香冷荼蘼架。
旧游台榭，晓梦窗纱。

赏析：

　　此曲写一位女子对情人的思念。情人离别已经十年，女子苦苦思念，不堪忍受。相思之苦，向谁倾诉？只有把一片深情寄托于琵琶。这意境是多么的优美，又是何等的凄凉！全曲笼罩在深深的惆怅和急切的盼望中，意境空灵，情真意切。从韵律看，句子长短参差，节奏先慢后快，语调跳荡有致，艺术水平很高。

　　全曲大意：月色笼罩河沙，十年的心事付与琵琶。想念心上人，懒得看那帏屏的画，心上人远在天涯。春天过去，豆蔻开花。寄去鸳鸯帕，表达一片深情。百花谢后，荼蘼独开，冷清萧条。梦中重游旧时楼台亭榭，梦醒时旭日映照窗纱。

【中吕】朝天子·赴约

刘庭信

夜深深静悄，明朗朗月高，小书院无人到。
书生今夜且休睡着，有句话低低道：
半扇儿窗棂，不须轻敲，我来时将花树儿摇。
你可便记着，便休要忘了，影儿动咱来到。

作者简介：

　　刘庭信，元代散曲家，益都（今山东）人，原名廷玉，排行第五，身黑而长，人称
"黑刘五"。刘庭信的作品以闺情、闺怨为主，在当时就很有影响，今存小令三十九首，
套数七首，收入《太平乐府》《盛世新声》《乐府群珠》等集中。

赏析：

　　这首曲写一个女子与情郎相会的情景，对语言和心理活动的描写大胆直露，惟妙惟肖。

　　全曲大意：夜深人静，月高星疏，小小的书院，心上人还没来到。可恨的书生呀，你今夜休想睡觉。有一句话要悄悄地给你说：只须关半扇窗户，不须敲门，我来时把窗前的花树摇一摇，你就知道了。你一定要记住，千万不要忘了，只要窗前有影子晃动，那就表示我来了。

【南吕】一枝花·春日送别

刘庭信

丝丝杨柳风，点点梨花雨。
雨随花瓣落，风趁柳条疏。
春事成虚，无奈春归去。
春归何太速，试问东君：谁肯与莺花做主？

赏析:

这是刘庭信所作的送别曲,是套曲《春日送别》的第一曲,在元曲中享有盛誉。

开头四句,作者紧扣主题"春日",用绮丽的笔墨,描绘了一幅形象生动的春景图。风衬杨柳,更显风流;雨衬梨花,显梨花更圣洁。杨柳随风,梨花带雨,互为映衬,相得益彰。风乃"丝丝"风,雨乃"点点"雨,"丝丝""点点"两个叠词,把春天特有的轻柔展现了出来。梨花瓣落,因为雨打,更因为风吹。柳条稀疏,因为风拂,也因为雨洗。花落柳疏,透露出隐隐的哀愁。这种情绪,在"春事成虚"中得到了充分体现。梨花瓣落,春将归去,既指自然界的"春",也指即将远去的"人"。

全曲大意:杨柳在丝丝微风中飘荡,梨花在点点细雨中绽放。伴随着花瓣飘落,柳条在风中显得格外疏朗。春天过去了,谁也没办法把春天留住。春天为什么走得这么快呢?请问司春的东君,谁能在春光里为莺花做主?

【正宫】塞鸿秋·爱他时似爱初生月

无名氏

爱他时似爱初生月，喜他时似喜梅梢月，想他时道几首西江月，盼他时似盼辰钩月。

当初意儿别，今日相抛撇，要相逢似水底捞明月。

赏析：

　　这是一首写别后相思的小曲。全曲以"月"作为韵脚，处处写月，事事用月。在叙写的过程中，不断改变月的形态，不仅以实月为比喻，还用了词牌中的月和成语之月为喻体，巧妙表达了相思之情。曲词善于变化，跌宕起伏，妙趣横生。

　　全曲大意：与他相爱的时候，觉得他像初生的月亮那样清新明媚。喜欢他的时候，觉得他像梅花树梢上的月亮那样姣好。想念他的时候，填写几首《西江月》词寄托相思。盼望他的时候，直盼得通宵无眠，残月如钩。回想当初，与他一见钟情，真是别有一番情趣，想不到如今却撇下我，想再重逢，恐怕是水底捞月。

【中吕】喜春来·四节

无名氏

有如杨柳风前瘦，恰似桃花镜里羞。
嫩红娇绿已温柔。
从别后，虽瘦也风流。

赏析：

　　这是一支抒写爱情的小曲。主人公是一位思念情人的美女，芳龄年华，粉面羞花，意笃神迷，爱情专一。

　　全曲大意：桃红柳绿的无边春色，搅动她纷扰的情思，不由得对镜伤神，一缕淡淡的愁绪萦绕芳胸。然而，她绝无对意中人的嗔怪与怨恨，而是贞洁自守，悄然地向远方的心上人，寄送自己的款款心曲：从别后，虽瘦也风流。

　　那纯净的柔情，那坚执的蜜意，那充满信心的期盼，表露无疑，写出了这位佳人静谧、纯美、瑰丽的精神世界。

【黄钟】昼夜乐·冬

赵显宏

风送梅花过小桥，飘飘。飘飘地乱舞琼瑶，水面上流将去了。觑绝似落英无消耗，似那人水远山遥，怎不焦？今日明朝，今日明朝，又不见他来到。

佳人，佳人多命薄！今遭，难逃。难逃他粉悴烟憔，直恁般鱼沉雁杳。谁承望拆散了鸾凤交，空教人梦断魂劳。心痒难揉，心痒难揉，盼不得鸡儿叫。

作者简介：

赵显宏，号学村，元代散曲作家，长于散曲，风格清新朴实，语言通俗流畅。明朱权《太和正音谱》将其列于"词林英杰"一百五十人之中，现存小令二十一首。

赏析：

这是一首代言体的曲子，主人公是一位美人。

全曲大意：清风把梅花吹过小桥，飘啊飘，飘啊飘，像在云雾里乱舞的美玉琼瑶。梅花随着流水漂走，看不见踪影，一去不回，没有音讯，就像那远去的心上人，隔着水，隔着山，路途遥遥，怎能不让人心焦？今日明日，明日今朝，总不见他来到。

美人啊美人，真是薄命。这一回，真难摆脱，难摆脱那花容月貌，难摆脱那憔悴消瘦。音讯全无，鱼沉雁杳，活生生地拆散了鸾凤的情交，白白地让人魂牵梦绕。心痒痒备受煎熬，心痒痒备受煎熬，只盼着雄鸡早早啼叫报晓。

【仙吕】太常引·饯齐参议回山东

刘燕歌

故人别我出阳关，无计锁雕鞍。
今古别离难，兀谁画蛾眉远山。
一樽别酒，一声杜宇，寂寞又春残。
明月小楼间，第一夜相思泪弹。

作者简介：

　　刘燕歌，元代女散曲家。《青楼集》说她"善歌舞"，大概是一位歌妓。词曲大部分没有流传下来，这是她仅存的一首小令。

赏析：

这是一首酒别离曲，表达出元代社会下层妇女的真情实感，再现一代才女的创作水平。《古今词话》《词苑萃编》都赞评其"传唱一时，脍炙人口"。

"无计锁雕鞍"一句，把不忍离别的心情刻画得淋漓尽致。用"别酒""杜宇""明月小楼"等景象，写出凄凉的意境。在晚春时节，情人在杜鹃的悲啼中，饮酒送行，泪眼相望，无限悲痛。

全曲大意：故人别我而去遥远的他乡，没有办法把他留住。人生离别是古今一大难事，从今后还有谁与我画眉？饮下这一杯饯行的别酒，听着杜鹃一声声的啼叫，落花流水，春已将尽，留下一片寂寞。在这月夜小楼中独居，第一夜便相思流泪，以后的日子当如何度过？

图书在版编目(CIP)数据

入骨相思知不知／陈旭编著. — 北京:中国文史出版社,
2020.7

(中华好诗词·爱情卷)

ISBN 978-7-5205-1484-2

Ⅰ.①入… Ⅱ.①陈… Ⅲ.①爱情诗-诗歌欣赏-中
国-古代 Ⅳ.①I207.2

中国版本图书馆 CIP 数据核字(2019)第 248327 号

责任编辑:卢祥秋

出版发行:**中国文史出版社**

社　　址:北京市海淀区西八里庄 69 号院　邮编:100142

电　　话:010-81136606　81136602　81136603(发行部)

传　　真:010-81136655

印　　装:北京新华印刷有限公司

经　　销:全国新华书店

开　　本:720×1020　1/16

印　　张:18.5　　字数:105 千字

版　　次:2020 年 7 月第 1 版

印　　次:2020 年 7 月第 1 次印刷

定　　价:58.00 元